KB099748

열여덟 살 이덕무

열여덟 살 이덕무

무인편 戊寅篇
세정석담 歲精惜譚
적언찬 適言讚
매훈 妹訓

이덕무 짓고 정민 옮기고 쓰다

민음사

이덕무(李德懋)는 메모광이었다. 그는 생계를 위해 엄청난 양의 책을 통째로 베꼈다. 책상 위에 빈 공책을 놓아두고, 좋은 글귀와 만나면 그때마다 옮겨 적었다 스쳐 지나가는 단상도 붙들어 두었다. 이 과정에서 건져 올린 짤막짤막한 말씀의 언어들이 문집 곳곳에 보석처럼 박혀 있다. 절박한 가난 속에 그는, 영양실조로 폐병에 걸린 어머니가 삯바느질을 하며 내는 밭은 기침 소리를 들으며 책을 읽고 글을 썼다.

예전 나는 이덕무의 『선귤당농소(蟬橘堂濃笑)』와 『이목구심서(耳目口心書)』의 일부를 발췌해서 『한서 이불과 논어 병풍』(열림원, 2000)으로 펴낸 일이 있다. 이후 이덕무는 내 뼈에 새겨진 이름이 되었다. 그를 생각하면 언제나 마음이 짠하고 또 따뜻해진다.

이 책은 이덕무가 열여덟 살 때 쓴 『무인편(戊寅篇)』38칙, 스물세 살 적에 쓴 『세정석담(歲精惜譚)』43칙, 그리고 문집에 빠진 채 『병세집(幷世集)』에만 수록된 「적언찬(適言讚)」8칙, 열다섯 살 누이를 위해 스물한 살의 오빠가 써 준 「매훈(妹訓)」17칙 등 4종의 글을 한자리에 모았다. 이덕무가 열여덟 살에서, 스물세 살 나던 젊은 5년간의 기록들이다.

그가 이 글을 쓴 나이보다 세 배는 더 산 내가 그의 젊은 시절의 글을 읽고 감상을 달면서, 나는 인간이 과연 발전하는 존재인가를 물었다. 문화가 진보를 거듭했다고 하나 삶은 본질적으로 달라진 것이 없다는 생각도 했다.

『무인편』은 고등학교 3학년 모범생의 자기 다짐 같은 느낌이 난다. 일상의 장면마다 생활의 다짐과 공부의 자세를 끊임없이 되새기고 있다. 그의 착한 심성과 온유한 품성이 절로 묻어난다.

『세정석담』은 세월과 정신은 한번 시들면 다시 되돌릴 수가 없으니, 눈앞의 시간을 아껴 소중하게 보내야 한다는 뜻을 담았다. 잠깐 사이에 지나가는 인생의 비의를 미리 알았던 걸까? 조숙했던 그의 내면과 진지한 삶의 자세가 잘 담겨 있다. 이 글에서 그는 유난히 소설을 배격해야 한다고 목청을 높였다. 요즘으로 치면 게임과 오락에 정신을 빼앗기면 공부 못한다고 걱정하는 소리처럼 들려 슬며시 웃음을 짓게 된다.

「적언찬」은 역적으로 몰려 죽은 젊은 시절의 벗 윤가기(尹可基)의 책에 써 준 글이어서 이덕무의 『청장관전서(靑莊館全書)』에는 누락되었고, 윤광심(尹光

心)이 당대의 시문을 묶어 엮은 『병세집』에 수록하는 바람에 간신히 살아남은 글이다. 쾌적한 인생을 살기 위해 거쳐야만 할 단계를 여덟 장절로 정리했다. 젊은 시절 이덕무의 인생관이 정수로 담겨 있다. 박지원(朴趾源)은 이 글에서 얻은 아이디어를 자기 글 여러 곳에 끌어다 썼다.

「매훈」은 어린 두 누이를 위해 여성이 갖춰야 할 덕목을 4언 6구, 16수로 정리한 내용이다. 남존여비 시대의 글이라 고리타분할 것 같지만, 그렇지 않다. 누이에 대한 오빠의 마음을 오롯이 담았다.

이 네 편 글은 젊은 날 이덕무의 초상 그 자체다. 글을 읽으면 그가 내 안으로 들어온다. 사람은 젊은 시절에 한번 형성된 생각이 본질적으로 변하지 않는다. 청소년 교육의 중요성을 새삼 실감케 한다.

2016년 8월에 나는 연구 학기를 받아 남프랑스 땅 액상 프로방스에 6개월간 머물렀다. 계단을 오를 때 몇백 년 된 우물이 창 너머로 보이는 집에 숙소를 정했다. 낮에는 해묵은 도시를 어슬렁거리며 산보하다가, 피곤하면 노천 카페에 앉아 커피나 맥주 한 잔을 시켜 놓고 오가는 사람들을 지켜보았다.

미술관에 딸린, 마당이 널찍한 카페를 발견한 뒤로는 노트북을 들고 나가 몇 시간씩 그곳에 앉아 있다 오곤 했다. 이 놀이는 날씨가 쌀쌀해져 더 이상

야외에 앉아 있기 힘들 때까지 계속되었다. 겨울에는 시립도서관으로 자리를 옮겨서 놀았다.

이 책은 그 햇살과 초록 속에서 쓰고 옮겼던 글 가운데 하나다. 당시 나는 다산의 한시를 읽고, 이덕무의 『청언소품(淸言小品)』을 옮겼다. 해묵은 원고들을 하나하나 꺼내 지난 시간들을 돌아보고 또 정리했다. 책장을 넘길 때마다 그때의 햇살이 지금의 내 이마 위로 쟁글거린다.

2019년 새봄
행당서실에서 정민 쓰다.

차례

1부
『무인편(戊寅篇)』
내가 열여덟 살 때 품었던 마음

	서문	5
00	옛 벗과 다시 만나다	16
01	거울과 먹줄	20
02	시작을 삼가자	22
03	저울과 돛	24
04	말과 마음	26
05	멋진 말	28
06	비웃음	30
07	옷 입은 짐승	32
08	고요함	34
09	물과 불	36
10	단속	38
11	좋은 점과 나쁜 점	40
12	공경	42
13	대화의 자세	44
14	교유	46
15	칭찬과 비방	48
16	욕심	50
17	도리	52
18	말	54
19	공손과 청렴	56

20	허물	58
21	남 이기기	60
22	여유	62
23	눈과 입	64
24	세상의 습속	66
25	재주	68
26	마음	70
27	의복	72
28	몸과 마음	74
29	깨달음	76
30	변명하지 마라	78
31	다변	80
32	구차	82
33	해서는 안 될 말	84
34	인내와 근면	86
35	간결함과 고요함	88
36	실천	90
37	한결같이	92
38	사불출(四不出)	94

2부
『세정석담(歲精惜譚)』
세월과 정신이 아까운 이야기

00	세상에 가장 아까운 것	98
01	이런 사람은 되지 않겠다	102
02	이름 부르기	104
03	유감	106
04	어른 모시기	108
05	박약(博約)과 잡루(雜陋)	110
06	교만	112
07	명나라의 흥망	114
08	삼봉 정도전	116
09	장서	118
10	자녀 교육	120
11	안빈	122
12	다언(多言)	124
13	소설에 빠지면 안 된다	126
14	김성탄과 시내암	129
15	소설의 세 가지 미혹	132
16	출판의 폐해	135
17	소설은 어지러운 책이다	138
18	김성탄의 무리	140
19	소학의 연원	143
20	멋진 남자	145
21	내가 아끼는 말	147
22	도연명의 시	149

23 유불(儒佛)의 구분   151

24 승려 대접   154

25 도(道)의 선후   156

26 하학(下學) 공부   158

27 말과 행동   160

28 명목(名目)의 변화   162

29 큰 선비의 값   165

30 왕안석에 대한 평가   167

31 내 생각   170

32 겸양과 뽐냄   172

33 옛것과 새것   174

34 호기심   177

35 허황한 저승담   179

36 허물과 재앙   182

37 사귐의 도리   184

38 순리   186

39 통달의 의미   188

40 심한 일   191

41 일의 핵심   193

42 글과 학문   195

43 다변   197

3부

『적언찬(適言讚)』

쾌적한 인생을 위한 단계

00	「적언찬 병서(適言讚幷序)」	200
첫 번째	참됨을 심자讚之一植眞	205
두 번째	운명을 살펴라讚之二觀命	208
세 번째	어지러움을 경계하라讚之三病殽	211
네 번째	비방을 피하라讚之四遯毁	214
다섯 번째	정신을 기쁘게 하라讚之五怡靈	217
여섯 번째	진부함을 덜어 내라讚之六耡陳	220
일곱 번째	좋은 벗을 사귀라讚之七簡遊	224
여덟 번째	세상을 즐기라讚之八戲寰	227

4부

『매훈(妹訓)』

열다섯 살 누이에게 준 오라비의 훈계

00	열여섯 도막의 훈계	232
01	화순(和順)	234
02	중정(中正)	236
03	말	238
04	입조심	240
05	말수	242
06	유순	244
07	조심	246
08	낯빛	248
09	목소리	250
10	착한 사람	252
11	게으른 여자	254

12 교만한 여자 256

13 사나운 여자 258

14 크게 두려워할 일 260

15 즐거움 262

16 부끄럽지 않게 264

내가
열여덟 살 때 품었던
마음

옛 벗과 다시 만나다

『무인편(戊寅篇)』이란 한 해의 기록이다. 이해
겨울에 나는 삼호(三湖)의 수명정(水明亭)에 살면서
글을 지어 스스로 경계로 삼은 수십 조목이
있었다. 중간에 볼 수 없게 된 것이 5년쯤인데
흩어져 없어져 사라졌나 보다 했지만 아까워서
잊을 수가 없었다. 또한 그 글을 기억할 수도
없었다. 그러다가 금번 우연히 책 상자를
살펴보다가 다시 이를 얻었다. 너무 기뻐서 들춰서
살펴보니 옛 벗과 서로 만난 것만 같았다. 비록
남을 가르치거나 세상에 남기기에는 부족하지만,

스스로 경계로 삼기에는 의미가 깊었다. 내가 어려서부터 배움에 뜻을 두어 마음을 닦은 것을 여기에서 또한 볼 수가 있다. 이제 당시의 나이를 헤아려 보니 겨우 열여덟 살이었다. 설령 삼대(三代) 시절에 여덟 살에 소학(小學)에 들어가고, 열다섯 살에 대학(大學)에 들어가던 규정에는 미치지 못하지만, 또한 젊은 나이의 말이 도에 가까운 듯한 것이 있음은 좋게 볼 만하다. 내가 엄한 스승이나 벗이 가르쳐 주고 이끌어 주는 유익함이 없었음을 탄식하면서도 거칠게나마 학문을 하고 선한 사람이 되는 방법을 알게 된 것은 또한 가정의 가르침 때문이었다. 이에 다시금 깨끗하게 베껴서 써 두고, 그 책에 『무인편』이라는 이름을 붙였다. 임오년(1762) 2월 초 7일 아침에 화암(和菴)에서 쓴다.

이덕무(李德懋, 1741~1793)가 열여덟 살 때 쓴, 자기 다짐을 담은
짧은 글 모음이다. 어려서부터 노성(老成)한 그의 면모가 잘
드러난다. 당시 이덕무는 삼호(三湖)에서 셋방살이를 했다.
소년은 공부를 하다가 스스로 경계로 삼아야 할 내용을
짤막한 글로 써서 그때그때 메모로 남겼다. 모두 서른여덟
단락으로 이루어진 짧은 글 모음이다. 당시 썼던 글을 그는
도중에 잃어버려 근 5년 동안 보지 못했다. 그러다가 문득 책
상자의 문서 더미 속에서 이 글을 되찾았다. 오랫동안 궁금해
하던 그 글을 대하자 마치 오랫동안 만나지 못했던 옛 친구와
상봉하는 느낌이었다. 그래서 이 글을 다시 한 자 한 자 정성껏
베껴 써서 자신의 문집 속에 포함시켰다. 가정 형편이 어려웠던
그는 스승을 모시고 공부할 형편이 못되었으므로 열심히 책을
빌려 읽으며 혼자 공부했다. 그나마 책을 손에서 놓지 않고
착한 사람이 되려는 의지를 간직할 수 있었던 것을 그는 가정의
가르침 덕분이었다고 적었다. 당시 그는 조화를 추구하는
집이란 의미로 자신의 거처에 화암(和菴)이란 이름을 붙였다.

戊寅篇者, 志歲也. 是年冬, 寓居于三湖之水明亭.
有著書自砭者數十條. 中間不得見者凡五年.
疑其散亡流失, 惜而不能忘, 亦不能記其文.
伊今偶閱巾箱, 乃復得之. 欣然披撿,
如故人之相逢也. 雖不足敎人而垂世,
其自爲戒則深矣. 余之自幼志學素心,
於斯亦可見也. 今計其年, 才十八也.
縱不及三代八歲入小學, 十五入大學之規,
然亦或佳其冲年之語, 似有近於道者爾.
慨余無嚴師友敎導之益, 而粗能識爲學爲善人之方,
亦家庭之訓誨歟. 乃更淨寫以置, 命其書曰戊寅篇.
時壬午二月初七朝日, 書于和菴.

거울과 먹줄

선비는 마음을 거울처럼 밝게 하고, 몸가짐을
먹줄처럼 곧게 지녀야 한다. 거울은 닦지 않으면
먼지로 더럽혀지기가 쉽다. 먹줄은 곧지 않으면
나무가 굽게 되기 일쑤다. 마음이 밝지 않으면
욕심에 절로 가려지고, 몸에 규율이 없으면
게으름이 절로 생겨난다. 몸과 마음을 다스리려면
또한 마땅히 닦아야 하고 곧게 해야만 한다.

마음을 거울처럼 닦고, 몸은 먹줄처럼 곧게 하자. 닦지 않은
거울은 금세 더러워져서 바른 모습을 잃는다. 먹줄을 곧게
치지 않으면 멀쩡한 재목을 구부정하게 다듬게 된다. 그와
마찬가지로 밝음을 잃은 마음은 욕심으로 가려지기 쉽고,
규율을 잃은 몸뚱이는 게으름의 타성이 금세 배기 마련이다.
거울 닦듯 마음을 닦고, 먹줄 치듯 몸가짐을 곧게 하리라.

士子明心如鑑, 律身如繩. 鑑不磨則塵易汚,
繩不直則木易曲. 心不明則慾自蔽,
身不律則惰自生. 治心身, 亦當磨之直之.

시작을 삼가자

마음은 텅 비어 어둡지가 않다.
서쪽으로 이끌면 서쪽으로 흐르고,
동쪽으로 이끌면 동쪽으로 끌린다.
이익을 향하면 이익을 향해 가고,
의로움을 향하면 의로움을 향해 간다.
끌리고 내달림에 모두
마땅히 그 처음을 삼가야만 한다.

마음은 백지다. 쓰는 대로 채워진다.

마음은 정한 방향이 없다.

가자는 대로 간다.

이리 가자면 이리 가고

저리 가자면 저리로 간다.

나는 이익을 향해 갈까, 아니면 의로움을 향해 나아갈까?

처음 먹은 마음이 그 사람을 좌우한다.

그러니 처음을 어찌 삼가지 않을 수 있겠는가?

虛靈不昧, 導西注西, 導東注東. 向利趨利,
向義趨義. 注與趨, 皆當謹其始.

저울과 돛

물건이 알맞으면 저울대가 평평하고, 물건이
알맞지 않으면 저울대가 기울어진다. 돛이 바람을
받으면 배가 움직이고, 돛이 바람을 받지 못하면
옆으로 눕는다. 저울대가 평평하거나 기우는 것,
배가 움직이고 눕는 것은 사람에게 달린 일이지,
저울대나 배에 달린 것이 아니다. 마음 또한 이와
같다.

저울추와 물건의 무게가 마침맞으면 저울은 수평을 이룬다. 그렇지 않으면 한쪽으로 쏠린다. 수평을 이룰 때까지 물건을 덜거나 더 얹어 무게를 맞춘다. 돛이 순풍을 받아야 배가 움직인다. 옆으로 부는 바람을 맞으면 배가 모로 눕는다. 저울의 수평은 사람이 맞춘다. 돛을 순풍의 방향으로 돌리는 것은 사공의 몫이다. 저울추와 돛은 아무런 작용도 하지 않는다. 마음도 그렇다. 마음은 그냥 텅 빈 것인데, 그 위로 생각이 얹히면서 이리저리 쏠린다. 어떤 생각을 하느냐가 그 마음을 결정한다.

物適則衡平, 物不適則衡傾. 帆便則舟行,
帆不便則舟橫. 平而傾, 行而橫, 在人,
不在衡與舟也. 心亦如之.

말과 마음

마음이 고요한 사람은 말도 조용조용하다. 마음이
조급한 자는 말조차 조급하다. 사람의 말이
조용조용한지 조급한지를 들어 보면 그 마음이
고요한지 조급한지를 알 수가 있다.

말에 마음이 드러나고, 말이 그 사람을 보여 준다. 말을 들으면 그 사람을 알 수 있다. 차분히 가라앉은 말이라야지, 조급해서 들뜬 말은 안 된다. 말 한마디로 상대에게 나를 간파당한다면 부끄럽지 않겠는가.

心靜者言靜, 心躁者言躁. 聽人之言靜言躁,
可知其心靜心躁也.

멋진 말

공자께서 말씀하셨다. "교묘한 말과 곱게 꾸민
얼굴 치고 어진 경우가 드물다(巧言令色, 鮮矣仁)."
또 말씀하셨다. "나쁜 옷과 거친 음식을
부끄러워하는 자와는 더불어 말할 상대가
못된다(恥惡衣惡食者, 不足與言.)." 훌륭한 말이다.
간혹 그 말을 교묘하게 하고 그 낯빛을 아름답게
꾸며서 세상 사람에게 예쁘게 보이면서 벼슬길을
출몰하는 자가 있다. 깨끗한 옷을 입고 고운
버선을 신고 스스로 뽐내고 과시하니, 그 겉은
비단 같아도 그 속은 옻칠한 듯 검은 자이다.

이들은 남을 속일 뿐 아니라 도리어 스스로 제
마음을 속이는 것인 줄 깨닫지 못한다.

내실 없이 겉만 번드르르한 것을 경계하라. 나쁜 옷, 거친
음식은 부끄럽지 않다. 황폐한 마음이 오히려 부끄럽다. 겉은
비단옷을 둘렀지만 속은 시커먼 옻칠 속이다. 남을 속이다가 저
자신마저 속인다. 끝없는 욕망의 도가니에서 부글부글 끓다가
흔적 없이 녹고 만다. 딱하다.

子曰: "巧言令色, 鮮矣仁." 又曰: "恥惡衣惡食者,
不足與言." 旨哉言乎. 或有巧其言, 令其色,
媚悅於世人, 出沒於榮途. 鮮衣細襪, 自顧矜衒,
是錦其外漆其中者. 不啻欺人, 反不覺自欺其心.

06

비웃음

교언영색의 사람이, 베옷을 입고 가죽 띠를 두른
채 거친 관과 헤진 신을 신고서 말이 어눌하고
겁먹은 듯한 표정을 짓고 있는 순박한 선비를
본다면 반드시 힐끗거려 보면서 비웃게 마련이다.
마치 측간이나 진창 속에서 나온 듯이 보는
정도가 아닐 것이다. 하지만 이른바 순박한 선비란
사람이 그를 보기를 도리어 마치 썩은 쥐나 죽은
개로 보고 있을 줄이야, 그가 어찌 알겠는가? 아!
나무 궤와 질그릇 상자 안에 여러 개의 성(城)과도
바꾸지 않을 옥과 수레를 비출 만한 야광 구슬이

간직되어 있을 줄을 그가 어찌 알겠는가?

수단 좋고 수완 뛰어나 잘나가는 사람이 초라한 행색의
선비를 보면 저게 어디서 튀어나온 짐승인가 싶을 것이다.
하찮아 안중에 들어올 리 없다. 그런데 그 선비는 저 잘나가는
교언영색의 인간이 오히려 안쓰럽다. 그는 바로 제 코앞에
닥친 재앙의 기미를 못 본 채 끝없이 교만을 부리다 파멸의
나락으로 떨어져 간다. 허름한 궤짝 속에 화씨벽(和氏璧)과
야광주(夜光珠)가 들어 있다. 궤짝이 열리면 그제야 깜짝
놀라겠지만, 그때는 이미 때가 늦었다.

巧令者, 若見醇士衣布帶韋,
蠢冠弊屨, 口訥訥貌矍矍者, 則必邪視強笑,
不啻若從廁溷中出來. 庸詎知其所謂醇士者,
反視渠若腐鼠死狗也. 嗟呼! 豈知木匱瓦櫝,
貯連城之璧, 照乘之珠也哉.

07

옷 입은 짐승

사람은 눈 코 입 등 일곱 개의 구멍(七竅)과
오장(五臟)을 갖추고 태어난다. 또한
인의예지(仁義禮智)의 단서도 갖추고 있다. 만약
어렸을 때 처음부터 이를 인도하지 않으면
자라서는 점점 무뢰배가 되어, 본디 선했던 성품을
가지고 점차 갓 쓰고 옷 입은 금수(禽獸)나 소매
두른 마소가 되고 마니 한심한 노릇이다. 하늘은
어찌 이 같은 자를 내어 일곱 개의 구멍과 오장을
갖추게 한단 말인가?

오장육부야 누구나 지니고 태어나지만 인의예지를 모르면 갓
쓴 짐승이요, 옷 입은 마소일 뿐이다. 어려서부터 가르쳐야
금수를 면할 수 있다. 그대로 두어 오장육부의 욕망만 키우면
나중엔 무뢰배가 되어 못하는 짓이 없고 안 하는 짓이 없는
짐승이 된다.

人之生也, 具七竅, 備五臟. 亦該仁義禮智之端.
若不導之於孩提之初, 則及長駸駸亡賴.
將本善之性, 漸入於禽犢冠裳, 馬牛襟裾, 寒心哉.
天何生此等人, 具七竅備五臟哉.

08

고
요
함

사람의 성품은 고요하다. 때문에 고요함으로
번잡함을 누르면 저절로 바르게 돌아온다.
번잡함을 좋아하고 고요함을 싫어하며, 게으르고
함부로 잡스럽게 구는 사람이 있다고 하자. 말에
차례도 없고, 근거 없는 말을 섞어, 남의 귀를
시끄럽게 하고, 웃지 말아야 할 데서 웃는다.
손뼉을 치면서 몸을 비틀고, 손을 휘두르고
무릎을 흔들며 광대가 되기를 즐겨하여 스스로
실지가 없게 되고 만다. 고요함을 지니는 것이
귀하지 않을 수 있겠는가?

차분히 가라앉혀야 바른 길에서 벗어나지 않을 수 있다. 성품이
번잡함을 좋아하고, 게을러터진 데다 잡스럽기까지 하면
방법이 없다. 되는 대로 지껄이고 싱거운 소리나 좋아하고, 아무
때나 깔깔대면 남의 손가락질이 따라온다. 손뼉을 치고 몸을
비틀거나, 손으로 무릎을 쳐 가면서 떠드는 동작 큰 몸짓들은
그 사람이 고요함과 거리가 멀다는 징표다.

人性靜, 故以靜制煩, 自然歸正. 或有人好煩惡靜,
怠惰放雜, 語無倫次, 間以浮談, 聒人之耳,
笑於非笑, 拊掌轉身, 揮手搖膝, 甘爲俳優,
自期無實. 爲靜者, 可不貴乎.

09

물과 불

가령 마음이 불이라고 하자. 물욕은 땔감이고,
염치는 물이다. 마음에 물욕이 생겨 이를 염치로
억제하지 못한다면, 땔감에 불길이 타오를 때는
물로도 이를 제어할 수 없는 것과 같은 이치다.

물욕이 마음에 불을 지핀다. 물욕의 불길은 염치로 다스려야
한다. 불길이 거세지기 전에 물을 뿌리면 그 불이 기세를
잃지만, 불길이 솟아오른 뒤에는 물로는 그 불을 못 끈다.
염치는 물욕을 다스리는 최소한의 제동 장치다. 때가 늦으면
효과가 없다. 세상에는 물욕에 눈이 어두워 염치를 잊고 사는
이가 너무 많다. 그 불길은 거침없이 타올라 마음을 다 태운
뒤에야 꺼진다.

假令心火也, 物欲薪也, 廉恥水也. 以欲著心,
不能制之以廉恥, 正如以薪熾火, 不能制之以水也.

단속

남의 사납고 패려궂은 행실을 보면
나의 마음을 단속한다. 남의 부지런하고 삼가는
행동을 보면 내 몸을 닦는다. 그래야만 그가
생활하는 고장에서 지낼 수가 있다.

남의 못된 행실에 나는 저러지 말아야지 하고, 남의 훌륭한
행동에는 나도 저렇게 해야지 한다. 이 마음가짐이면 충분하다.
선비 대접을 받을 수 있다.
하지만 남의 나쁜 행실을 따라 하고, 다른 사람의 올바른
처신을 어리석다고 비웃으면 구제 불능의 인간이 되어 사람
취급을 못받게 된다.

看人之暴戾悖慢, 而撿吾之心.
看人之砥礪謹勅, 而修吾之身.
庶幾行於鄕黨州閭也.

11

좋은 점과 나쁜 점

남에게 조금이라도 훌륭한 점이 있다면
반드시 기억해서 잊지 않는다.
도리어 마음으로 이를 사모할 뿐 아니라
다른 사람에게 그 말을 전해야 한다.
남의 잘단 허물은 반드시
가려 덮어 드러내지 않는다.
남에게 알리지 않을 뿐 아니라
내 마음에 경계로 삼는다.

남의 좋은 점은 널리 퍼뜨려 전하고, 남의 허물은 가려서 감춰
준다. 좋은 점은 본받기에 힘쓰고, 나쁜 점은 나는 저런 잘못을
되풀이하지 말아야지 한다. 그래야 발전이 있다. 남의 좋은
점은 입을 삐죽대며 비아냥거리고, 남의 대수롭지 않은 잘못은
무슨 큰일이라도 난 듯이 떠벌리고 다닌다. 그러는 사이에
사람이 자꾸 천해진다.

人有小善, 必記而不忘. 反慕於心, 且傳語它人也.
人有細過, 必掩而不揚. 莫告於人, 且警戒吾心也.

공경

나이 든 사람은 공경으로 대우함이 마땅하다.
이는 나이가 나보다 많고, 혹 덕이 나보다 나을
수 있기 때문이다. 혹 아버지의 연배가 되거나, 혹
그의 자제와 벗이 될 수도 있다. 어찌 공경하지
않겠는가? 만약 함부로 대해 공경하지 않는다면
장유(長幼)의 차례가 문란해진다. 오륜(五倫)이
여기서부터 무너진다.

어른 대접을 할 줄 알아야 한다. 나잇값을 못 하는 어른이
많지만, 그래도 내 할 도리는 지키는 것이 중요하다. 그가 혹
아버지와 가까운 사이일 수도 있고, 내가 그의 자제와 벗이 될
수도 있는 법. 평소에 우습게 보아 함부로 행동하다가 관계가
얽히면 사소한 데서 큰일이 틀어지고 만다. 윤리도 그 서슬에
무너진다.

老成之人, 當待之恭敬. 此年過於吾,
或有德過於吾. 或爲父執焉, 或與其子弟爲友焉.
可不敬乎. 如有慢忽不敬, 是長幼之序紊焉.
五倫從此而斁.

13

대화의 자세

벗들과 모여 얘기를 나눌 때는 옷깃을 여미고
똑바로 앉아야지, 비스듬히 몸을 기울여 발을
남에게 걸친다거나 팔을 남에게 기대면 안 된다.
상대가 내게 이렇게 하거든 마땅히 좋은 말로
타일러 그렇게 못 하도록 해야지, 되갚아 서로
똑같이 해서는 안 된다.

평소의 태도와 자세에서 그 사람의 무게가 드러난다. 가까운
벗과 얘기할 때도 풀어진 자세로 등을 벽에 비스듬히 대고서
남에게 발을 얹거나 팔뚝을 기대서는 안 된다. 자세를 바로
하고 옷매무새를 단정히 하는 데서 경(敬)의 마음이 생긴다.
상대를 배려하고 나를 대접해야 성실한 관계가 싹튼다.
허물없는 사이를 아무렇게나 막 해도 된다는 의미로 오해하면
안 된다. 말을 하면서 상대의 옷깃을 잡아끌거나 심지어
때리기까지 하는 행동도 눈에 거슬린다.

凡朋友會話之際, 斂襟危坐, 不可跛踦傾仄,
以足加於人, 以臂倚於人. 彼若如此於吾,
當以好言誘之, 使不爲也, 不可反報而相較也.

14

교
유

벗이란 오륜 가운데 의(義)로 맺은 관계다.
사귐이 깊을수록 대우함도 그만큼 공경스러워야
한다. 정의가 깊다 해서 함부로 대해서는 안
된다. 공자께서 말씀하셨다. "안평중은 남과 잘
사귀었는데, 오래되어도 공경하였다."

오래되어도 공경한다. 이 말은 상대에 대한 배려와 존중을 놓지 않는다는 의미다. 허물없는 것과 막 대하는 것은 다르다. 조금 친해졌다고 함부로 대한다면 조금 멀어졌을 때 어떻겠는가. 사귐의 도리는 오래되어도 상대를 존중하고 무겁게 대하는 데 있다.

朋友者, 五倫之中, 以義結者. 交益深而待益敬,
不可情深狎待. 子曰: "晏平仲, 善與人交,
久而敬之."

칭찬과 비방

남이 나를 칭찬한다고 그를 후하게 대하지 마라.
남이 나를 헐뜯는다고 그를 박하게 대하지 마라.
한차례 칭찬을 들었다 하여 스스로 기뻐하거나
자신을 과신하지 마라. 다만 스스로 내 몸을 삼가
더욱 힘써야 한다. 한차례 비방을 들었다 해서
스스로 성을 내어 자신을 내던지지 마라. 다만
스스로 내 몸을 반성하여 고쳐 나가야 한다.

한차례 칭찬에 들떠서 제가 무슨 대단한 사람이라도 되는
양 우쭐대고, 한차례 비방에 풀이 죽어 분을 못 삭이거나
자포자기에 이른다. 내게 좋은 말 해 주는 사람은 잘 대해 주고,
듣기 싫은 말을 하면 앙갚음을 한다. 그래서 더 성장할 수 있는
기회를 제 발로 박차고, 고쳐 나갈 수 있는데 더 나쁘게 된다.
칭찬은 내 교만을 길러 주니 경계하고, 나무람은 나를 허물에서
벗어나게 해 주니 기뻐한다.

勿以人譽我而待之厚也, 勿以人毀我而待之薄也.
勿以聞一譽而自喜自恃也, 但自謹吾身而加勉焉.
勿以聞一毀而自怒自棄也, 但自省吾身而改遷焉.

16

욕심

"아무개의 어떤 물건이 몹시 훌륭하니 내가
이것을 꼭 가져야겠다." 이렇게 말해서는 절대로
안 된다. 만약 그 사람과 만나게 되면 온갖 애를
써서 어렵사리 얻어 낸 뒤라야 마음이 시원해질
것이다. 이것은 비록 사소한 일이기는 해도, 이
같은 마음을 더 길러서는 안 된다.

좋은 것을 꼭 내 것으로 만들어야겠다고 생각하니 욕심이
생긴다. 어떻게든 내 손에 넣어야만 직성이 풀린다. 작은
물건에서 시작된 욕심이 습벽이 되면, 넘보지 말아야 할 것까지
기웃거리게 된다. 아예 처음부터 이 같은 마음이 싹트지 못하게
함만 못하다.

不必曰: "某有某物甚好, 吾將得之." 若逢其人,
則千萬勞苦, 區區而得. 然後快於心. 此雖細故,
其漸不可長矣.

도
리

하늘과 땅이 있은 뒤에 사람이 있다. 사람은
하늘과 땅에게서 나왔다. 그러니 또 하나의
하늘과 땅인 셈이다. 하늘과 땅이 법도를 잃으면
오행이 뒤죽박죽이 된다. 사람이 떳떳한 도리를
잃으면 오륜이 무너진다. 천지가 낸 몸으로 천지의
법도를 본받아 떳떳한 도리를 잃지 않아야만
사람이 될 수가 있다.

천지의 운행은 오행을 지표로 삼는다. 법도를 잃으면 오행의
운행이 차례를 잃고 멈춘다. 재해와 재변이 잇달아 일어난다.
사람은 천지의 기운을 받아 나온 작은 우주다. 사람의 우주는
오륜으로 기준을 삼는다. 천지가 오행으로 돌듯 사람은
오륜으로 살아간다. 천지가 법도를 잃으면 변괴가 잇따르고,
사람이 윤리를 잃으면 해괴한 짓을 하게 된다.

有天地然後有人, 人者受天地之賦與,
亦一天地也. 天地失度, 五行錯矣. 人而失常,
五倫斁矣. 以天地之身, 則天地之度, 無失其常,
則庶幾爲人矣.

18

말

말은 어그러지게 해서는 안 되니,
이치로 풀이해야 한다.
나오는 대로 해서는 안 되니
자세히 들어 말해야 한다.

말을 들으면 그 사람을 알 수 있다.
앞뒤 없이 종잡을 수 없는 말을 입에 담거나,
되는 대로 생각 없이 지껄이면 안 된다.
맥락을 갖춰 이치로 풀어 설명할 수 있어야 하고,
눈앞에서 본 것처럼 상세하게 살펴
거론해야 함이 마땅하다.
덮어놓고 말하고 되는 대로 얘기하며
정신없이 떠들면 그 앞에선 끄덕이다가
돌아서서 욕한다.

言不可舛錯, 釋理而已. 不可便利, 擧詳而已.

공손과 청렴

공손하게 사람을 대하면
욕을 면할 수가 있고,
청렴으로 일을 처리하면
재앙을 면할 수가 있다.

남에게 욕을 당하는 것은 언젠가
누군가를 멸시했기 때문이다.
재앙이 닥치는 것은 한때의 일처리가
공정하지 못한 탓이다.
공경으로 남을 대하고, 청렴으로 일을 처리하면,
욕됨을 멀리할 수 있고, 재앙도 비껴 지나간다.
사소한 일 대수롭지 않은 일에도 성의를 잃으면 안 된다.
정성을 다해야 한다.

待人以恭, 可以免辱. 處物以廉, 可以免禍.

20

허
물

내 허물 듣기를 음악소리를 듣는 듯이 하고,
허물을 고치기를 도적을 다스리듯 한다.

누가 내게 충고를 하면
좋은 소리를 들은 것처럼 기뻐하고,
그 충고에 따라 허물을 고칠 때는
도둑을 발본색원하듯이 철저하고 꼼꼼하게 한다.
그래야 가래로 막지 않고 호미로 막을 수 있다.
남이 내게 충고하면 대번에 얼굴색이 변하고 자신의 잘못을
알면서도 덮어 가리기에 급급하면 향상의 기회를 제 발로 차
버리는 것이나 같다.

聞過如聞樂, 治過如治賊.

남
이
기
기

남을 이기려 드는 것이 가장 큰 병통이다.
구구한 이야기로 기세를 돋워 소리를 높여 남을
꺾으려 드는 것은 통쾌한 일이 아니다. 도리어
남보다 아래에 있는 사람이 더 쾌활하여 오히려
남을 이긴 사람보다 나은 것만 못하다.

남을 꺾고 그 위에 군림하려 드는 마음을 가장 경계해야 한다. 되지도 않는 말로 언성을 높여 남을 이기려 들면, 이겨도 이긴 것이 아니어서 자신도 후련하지 않고, 상대방은 불쾌함만 남는다. 이것이 훗날에 내게 욕으로 돌아오고 재앙의 빌미가 된다.

勝人最是大病痛. 區區談論, 作氣高聲,
欲挫它人者, 非快事也. 反不如下於人者反快活,
而猶愈於勝人.

22

여유

좋은 사람이든 나쁜 사람이든
봄바람의 화창한 기운처럼 대해서
여유작작해야 한다.
큰일이든 작은 일이든
푸른 하늘에 뜬 밝은 해와 같이 처리해서
편안하게 포용력이 있어야 한다.

사람을 대할 때는 봄바람처럼 따뜻하게,
일처리는 청천백일(靑天白日)같이 명명백백하게.
가을바람처럼 서늘하게 사람을 대하고
오리무중으로 모호하게 일을 처리하면,
당장은 몰라도 뒤에 가서 걷잡을
수 없게 된다.

人無美惡, 待之如春風和氣, 綽綽有裕. 事無大小,
處之如靑天白日, 休休有容.

눈과 입

비루하고 난잡한 일은
눈으로 보아서는 안 되고,
천하고 이치에 어긋난 말은
입에 담아서는 안 된다.

좋은 말 좋은 생각으로 살기에도 바쁜 세상이다.
더럽고 추한 일은 보지를 말고, 천박하고
말 같지 않은 말은 말하지 말자.
눈길을 따라 행실이 옮겨 가고, 하는 말대로 생각이 바뀐다.
사람은 눈과 입을 잘 간수해야 한다.

鄙醜囂亂之事, 不可接目. 淺俚舛逆之言,
不可掛口.

24

세상의 습속

당나라 이래로 세상의 습속이 말단으로 내달아
글씨를 잘 쓰고 글을 잘 짓는 것을 으뜸으로
여기고 학문은 낮추어 본다. 이때 이른바 글씨를
잘 쓴다는 것은 글씨를 또박또박 잘 쓰거나
고아하다는 말이 아니라 편지글에 능하고 당시의
형식에 맞추기에 힘쓰는 것을 말한다. 이른바 글을
잘 짓는다는 것은 평이하게 글을 펼쳐 순수하고
조화로운 것을 말함이 아니라, 뜬 꾸밈에 능하여
과거시험장의 법식에 맞기만 힘쓰는 것을 말한다.
만에 하나 간혹 학문을 하는 자가 있으면 반드시

지목하여 비웃으면서 마치 별난 사람처럼
취급한다. 경솔하고 부박한 습속은 언제나 스스로
경계하고 살펴야 한다.

글씨를 잘 쓰는 것은 맵시를 잘 부리는 것을 가리키고, 글을 잘
짓는다 함은 화려한 수식에 능한 것을 뜻한다. 바탕에 힘쓰지
않고 손끝의 재주와 겉 꾸밈에만 힘쓴다. 질박하고 평범한 것은
싫고, 눈에 뛰고 사람의 이목을 놀라게 하는 것에만 관심이
있다. 학문은 별종들이나 하는 양 취급해서 손가락질하고
우습게 본다. 이렇게 경박하고 들뜬 세상에 우리는 살고 있다.

自唐以下, 俗習趨末, 工書工文爲上, 學問爲下.
所謂工書者, 非楷正古雅之謂也, 工於札簡,
務爲時式. 所謂工文者, 非平鋪純和之謂也,
工於浮華, 務入科規也. 萬一或有學問者,
則必嘲笑指目, 視之若別樣底人, 輕浮之習,
每自警省焉..

25

재주

재주와 지혜가 있다면 마땅히 안에다 수렴하여
축적해 두었다가 써야 할 때 써야 한다. 잗단
재주나 얕은 지혜를 가지고 스스로 나대거나
뽐내서는 안 된다. 여러 사람이 빙 둘러앉은
가운데서 큰 소리로 이렇게 말한다. "나는 어떤
일을 아주 잘하고, 어떤 재주에 대단히 능하다."
이는 남들이 바보로 볼 뿐 아니라, 스스로를
도리어 비루하게 만든다.

재주 재(才) 자는 삐침이 안쪽으로 향해 있다. 겉으로 나대지
말고 안으로 머금으란 뜻이다. 알량한 재주를 지녀 남이 안
알아줄까 봐 걱정해서 제 입으로 제 재주를 뽐내면, 남의
비웃음을 살 뿐 아니라 스스로도 천박해진다. 재주는 감춰
머금었다가 꼭 필요할 때 꺼내 써야 한다. 온축 없이 마구
꺼내면 손가락질이 돌아온다.

若有才智, 當斂蓄於內, 用於用時.
不可以小才淺智, 自媒自誇. 大言於稠坐之中,
曰:"吾某事善爲之, 某術能有之."
是不但人視之以愚駃, 反自取鄙陋也.

26

마음

옷은 얇아도 추위를 막을 수 있다.

행실이 경박하면 사는 마을에서조차 용납될 수가
없다. 음식은 거칠어도 시장함을 면할 수가 있다.
마음이 심술궂으면 방 안에서조차 편히 앉아 있을
수가 없다.

옷은 얇아도 되지만 행실이 그래서는 안 된다. 음식은 거칠어도
상관없는데 마음 씀씀이가 그래서는 못쓴다. 옷은 추위를
막아 주면 그만이고, 음식은 시장기만 면하면 된다. 하지만
경박한 행실은 온 마을의 손가락질을 부르고, 고약한 심보는
방 안에서조차 편히 있을 수 없게 만든다. 그런데 사람들은
행실에는 신경을 안 쓰고 입는 옷만 신경을 쓴다. 마음 공부는
멀리한 채, 배불릴 궁리만 한다.

衣雖薄, 猶可以禦寒. 行如薄, 不可以容於閭里也.
食雖惡, 猶可以療飢. 心如惡, 不可以安於房櫳也.

의복

의복이 남루한 사람을 보거든 먼저
업신여겨 우습게 보는 마음부터 눌러서,
말을 더욱 공손하게 하고 가엽게 여겨야 한다.
의복이 깔끔하고 말쑥한 사람을 보면 먼저
흠모하는 마음을 억제하여,
뜻을 더욱 가다듬어 경계해야 한다.

사람에게 겉으로 가장 잘 드러나는 것이 의복이다. 더 중요한
것은 그 속에 든 사람인데, 자칫 겉모습에 현혹되어 판단을
흐리게 된다. 좋은 옷을 입었다고 인격까지 고매한 것은 아니다.
남루한 옷을 입었다고 사람마저 남루하지는 않다. 겉모습만으로
판단하는 버릇을 버려야 한다. 보통 사람이 하는 것과
반대로 하면 된다. 초라하다고 업신여기지 말고, 근사하다고
위축되어서도 안 된다.

見衣裳藍縷者, 先制其侮易之心, 言益恭而憫憐.
見衣裳濟楚者, 先制其欽慕之心, 志益修而警戒.

28

몸과 마음

마음이 임금이라면 몸은 신하다. 어찌 신하가
임금을 속이겠는가? 만약 임금을 속이는 자가
있다면 반드시 재앙이 있게 된다. 마음을 속이는
것 또한 이와 다를 게 없다. 혼자일 때를 삼간다는
것은 『대학(大學)』에서 훈계한 것이다. 방 안에서도
부끄럽지 않다는 말은 『시경(詩經)』에 나오는
경계이다.

몸은 마음의 신하다. 마음의 지배를 받는다. 몸이 마음을
속이면 건강에 이상이 생긴다. 몸 따로 마음 따로 놀면 막가는
인생이 된다. 혼자 있을 때를 삼가고, 남이 안 보는 곳에서도
스스로에게 부끄러움이 없도록 살아야 마음이 안정되어 몸이
건강해진다. 충직한 신하가 어진 임금을 만들고, 어진 임금이
현명한 신하를 길러 낸다. 이와 마찬가지로 반듯한 몸가짐에서
바른 마음가짐이 나온다.

心者君也, 身者臣也. 豈有臣而欺君者哉.
如有欺君者, 必有殃焉. 欺心者, 亦如之. 愼其獨,
大學垂其訓也, 不愧屋漏, 詩經著其戒也.

29

깨달음

한 가지 일, 한 가지 물건에 대해 혹 스스로
깨치기도 하고, 남에게 배워서 깨치기도 한다.
만약 깨달은 것이 있으면 죽을 때까지 잊지
말아야 한다. 한번의 허물과 한차례의 과실에
대해 혹 스스로 깨닫기도 하고, 혹 남을 통해
깨닫기도 한다. 만약 잘못을 알게 된다면 평생
스스로 기뻐할 만하다.

깨쳐 새로 알게 된 것은 잊지 않는다. 깨달아 알게 된 잘못은
되풀이하지 않는다. 평생 잊지 않고, 죽을 때까지 기뻐한다.
그래야 나날이 향상하는 삶을 살게 된다.

一事一物, 或自己而曉, 或學於人而曉.
如有得焉, 可終身不忘也. 一尤一過, 或自己而晤,
或因於人而晤. 如釋負焉, 可終身自喜也.

변명하지 마라

옛말에 이런 말이 있다.

"비방을 멈추려면 변명하지 않는 것이 가장 낫다.
원망을 멈추려면 다투지 않는 것이 가장 낫다."
변명하지 않고 다투지 않았는데도 남이 또 나를
비방하거든 담담하게 모르는 체해서 더더욱
다투거나 변명하지 말아야 한다.

비방이 쏟아질 때는 변명이 통하지 않는다. 원망이 가득한
상대와 시시비비를 가려 따지는 일은 무모하다. 내가 변명하지
않고, 내가 다투지 않는데도 계속 나를 비방하는 사람은 더
무서운 사람이니 더더욱 그와 더불어 변명하거나 시비를 따져
가리는 일을 해서는 안 된다. 변명은 상대의 이해를 돕지 않고
화를 돋운다. 시비는 원망을 가라앉히지 못하고 분노를 키운다.

古語云: "息謗, 莫如不辨. 止怨, 莫如不爭."
不辨不爭, 而人又有謗我者, 淡若不知,
尤不可爭辨也.

31

다
변

무릇 남을 대할 때 말이 많으면 듣지 않는다.
어째서 그럴까? 했던 말을 또 하고 자꾸 하니
바람이 귓등을 스치듯 대하기 때문이다. 이치를
자세히 살펴 그 골자만 간추려 간결하게 말하는
것만 못하다. 그러면 듣는 사람이 싫증내지 않고
들은 대로 이를 다 행한다.

습관적으로 말이 많은 사람이 있다. 못 미더워서 확인하고 또
확인하고, 미심쩍어서 묻고 또 묻는다. 한 번으로 족할 말을
세 번 네 번 되풀이하니, 말을 꺼내기 전부터 또 시작하는구나
싶어 새겨들을 말도 귓등으로 흘려듣는다. 저는 열심히
말했는데 효과는 하나도 없다. 이치를 따져 핵심을 찔러
간결하게 말하라. 중언부언하지 마라.

凡對人, 言多則聽稀. 何也? 以其重重疊疊,
若風過耳也. 不若詳其理, 擧其棨, 簡言之也.
然則所聽之人, 不厭于耳, 盡其所授而行之也.

32

구
차

사업을 영위할 때 구차해서는 안 된다. 아무리
굶주림과 추위와 질병이 닥쳐와도 마땅히
담담해야 한다. 진사도(陳師道)가 갖옷을 물리치던
일이나, 진중자(陳仲子)가 거위 고기를 토하던
일 같은 것은 비록 좋은 일이긴 하나 이처럼
비뚤어지고 속 좁은 행동을 본받아서는 안 된다.

송나라 시인 진사도는 동서(同壻) 조정지(趙挺之)의 탐욕을
미워했다. 황제를 모시고 교사(郊祀)에 참여하게 되었는데
날씨가 너무 춥자, 그의 아내가 조정지의 집에 가서 갖옷을
빌려 그에게 입게 했다. 진사도는 이를 물리치고 홑옷만 입고
갔다가 한질(寒疾)에 걸려 죽었다. 또 전국시대 제(齊)나라의
진중자(陳仲子)는 어떤 사람이 그에게 거위를 바치자 의롭지
않게 여겨 얼굴을 찌푸렸다. 나중에 그의 어머니가 그 거위를
잡아 함께 먹는데, 그의 형이 마침 밖에서 들어오다가 "그
거위는 앞서 네가 못마땅하게 여겼던 그 거위다."라고 했다.
중자는 먹던 고기를 그 자리에서 뱉었다. 맹자는 이 같은
진중자의 행동을 지나친 것으로 보았다. 어떤 일을 할 때
구차해서는 안 되지만, 지나치게 까탈스러워서도 안 된다.
담담해야지, 유난스러워서도 안 된다.

事業營爲, 不可苟且. 雖至飢寒疾病, 當澹然而已.
至若陳三之却裘, 仲子之吐鵝, 雖是好事,
不當效此曲陋.

33

해서는 안 될 말

말은 아무렇게나 함부로 해서는 안 된다. 비록
못난 하인배나 천한 짐승에게 혹 작은 분을 못
이겨 칼이나 몽둥이로 을러대다가 욕까지 하면서
"내가 이것들을 죽여 버려야지."와 같은 말을
해서는 안 된다.

입에서 나온다고 해서 다 말이 아니다. 해야 할 말과 해서는 안 될 말이 있다. 해야 할 말은 안 하고 해서는 안 될 말만 골라서 하니, 원망이 쌓이고 허물이 커진다. 자기보다 낮은 사람에게는 물론이고 기르는 개에게조차 악담을 해서는 안 된다. 못된 말, 몹쓸 얘기가 한차례 건너갈 때마다 악업이 쌓인다.

凡言語不可暴勃, 雖奴隷之庸凡, 禽獸之賤陋,
或仍小忿, 不可以刀刃與挺擬之, 而復罵日:
"吾欲殺此物也."

인내와 근면

인내로 노여움을 누르면
무슨 일인들 실패하겠는가?
부지런함으로 게으름을 이기면
무슨 일인들 못 이루겠는가?

분노 조절이 안 되는 세상에 우리가 살고 있다.

순간의 화를 참지 못해 큰일을 그르친다.

참는 법을 배워야 한다. 잘 참으면

어긋날 일이 없다. 세상이 갈수록 편해진다.

해야 할 일을 밀쳐 두고 게으름의 나락에 빠져들면

할 수 있는 일은 더더욱 없다. 근면함으로 게으름을 물리치고

인내로 실패를 멀리하리라.

以忍制怒, 何事有敗. 以勤勝怠, 何事不成.

35

간결함과 고요함

간결함으로 번다함을 누르고,
고요함으로 움직임을 억제한다.
일생토록 이를 지켜 간직하면
이것이 바로 마음을 바르게 하는 공부다.
이 때문에 군자는 말이 간결하고
마음은 고요하다.

어디서든 말 많은 사람이 있다. 허세와 과장, 잘난 체로
자신을 돋보이게 하려 해도 그럴수록 사람 가볍다는 소리가
따라다닌다. 잠시도 가만있지 못하고 사부작거리면 사람이
경망해진다. 말은 간결하게, 마음은 고요히.
이 두 가지를 잘 간직하면 사람의 중심이 딱 잡힌다. 말 많고
동작이 가벼워서는 마음이 몸을 떠나 딴 데 가서 논다.

簡以制煩, 靜以制動. 一生服膺, 是正心工夫.
故君子言簡而心靜.

실
천

옛사람을 배울 때는
실천을 공부로 삼는다.

입으로야 무슨 말을 못하랴. 공부는 오로지
실천에 달렸다. 옛사람의 아름다운 행실을 들었거든
당장 행동으로 옮긴다.
오늘 그렇게 하고 내일 그렇게 하면,
내가 곧 옛사람이 된다. 그렇지 않고 날마다
입으로 외우고 귀로 들어도 그 말씀이 나를
변화시키지 못한다면 배워도 배운 것이 아니다.

學古人, 以踐履爲工夫.

37

한결같이

말은 간결하게 하고,
걸음은 신중하게 한다.
마음을 언제나 한 일(一) 자 위에다 둔다.

번다한 말은 귀를 질리게 하고,

분답스러운 걸음걸이는 사람을 가볍게 만든다.

내 마음속에 일직선의 곧은길을 내고 그 길 따라 말하고

그 길 따라 걷는다.

가지치기하지 않고 기웃대지 않는다. 사람은 한결같아야 한다.

한결같아야 중심이 잡히고 한결같아야 묵직해진다.

簡言語, 愼行步, 心常在一字之上也.

사불출(四不出)

소옹(邵雍)은 언제나 큰 추위에는 문밖을 나서지
않고, 큰 더위에도 나가지 않고, 큰바람, 큰비에도
문밖을 나서지 않았다. 배우는 사람은 몸가짐을
공경히 하는 것을 우선해야 한다. 이는 내
몸뚱이를 아껴서가 아니라 내 부모를 사랑하기
때문이다. 이 네 가지 나서지 않음을 범함은
어버이에게 근심을 안겨 드리는 것이 이보다 심한
것이 없다. 공자께서 말씀하셨다. "부모는 다만
자식이 아플까 봐 근심한다."

몸가짐을 공경스럽게 해 자중자애하는 것은 나를 아껴서가
아니라 부모에게 염려를 끼치지 않기 위해서다. 부모는 늘
자식에게 무슨 일이 생길까 봐 걱정한다.
예전 송나라 때 소옹이 큰 추위나 더위, 큰바람과 큰비에 아예
바깥출입을 하지 않았던 것은 자신을 위험 속에 처하지 않게 해
부모의 염려를 덜려는 경신(敬身)의 몸가짐이었다.

邵子嘗大寒不出, 大暑不出, 大風不出, 大雨不出.
學者以敬身爲先. 是非愛吾身也, 愛吾父母也.
犯此四不出, 貽親之憂, 莫甚焉. 子曰:
"父母唯其疾之憂."

세월과 정신이 아까운

이야기

세상에 가장 아까운 것

하늘과 땅 사이에 가장 아까운 것은 세월이요
정신이다. 세월은 무한하나 정신은 유한하다.
세월을 허비하고 나면 다 써 버려 시들해진 정신을
다시는 수습할 길이 없다. 사람이 더벅머리 소년
이전은 말할 것도 없고, 소년 시절에서 관례를
치르고, 관례를 치른 뒤 장가들며, 장가들고
나서는 어린 자녀들이 눈에 가득 빼곡하여
어느새 남의 아비가 된다. 또 얼마 못 가 머리털이
희끗희끗해져서 손자를 안아 보기에 이르니,
늙음의 형세를 도저히 막기가 어렵다. 이때

머리를 긁적이면서 소년에서 관례를 치르고, 관례를 치른 후 장가들어 손주를 안고, 머리털이 희끗희끗해지기에 이른 것을 떠올려 보면 그 정신의 성쇠가 마치 선천(先天)과 후천(後天)처럼 전연 다르다. 가만히 그 평생을 점검해 보니 낙막하여 아무 이룬 것이 없다. 비록 길게 큰 한숨을 내쉬어 본들 어찌해 볼 수가 있겠는가. 내가 열두세 살 때부터 진작 이 점을 깨달아 속으로 두렵고 안타까운 마음이 가득했다. 장차 지금은 관례를 치르고 장가든 지도 10년이 다 되어 가는데다 턱밑에 수염도 거뭇거뭇하다. 더더욱 그림자를 돌아보며 근심스레 말했다. "지금은 내 나이가 젊고 정신이 밝지만 만약 진작부터 독서하여 자기를 위한 공부를 배우지 않는다면 머리를 긁적이는 슬픔이 마땅히 내게도 금방 돌아올 것이다. 구구한 뜻으로 말과 행동 면에서 힘쓰려 하였으나 세상 생각에 골몰하느라 이따금씩 중간에 끊어지곤 했으니 그 가석함을 이루 다 탄식할 수 있겠는가?" 이에 책상 위에 종이를 놓아두고서 어버이를 섬기며 독서하는 여가에 마음속에서 얻어지는 것이 있으면 그때그때 이를 써 두어 점차 책 꼴을 이루게 되었다. 설령 빈말일 뿐 보탬이 될 만한 것이 없는 줄은 알지만 나 자신을 위한 지침으로는 혹 어긋나지 않을 것이다. 세월과 정신이 가장 가석하다는 점에 대해서는 시간이 지날수록 더욱더 마음에 두게 되었으니 이 글이 또한 얼마간 도움이 된 셈이다. 계미년(1763) 7월 16일 해질 무렵, 사이재거사(四以齋居士)는 적는다.

『세정석담(歲精惜譚)』의 서문이다. 이덕무는 스물세 살 때 이 글을 썼다. 제목의 뜻은 '세월과 정신이 아까운 이야기'다. 세월은 쏜살처럼 흘러가고 정신은 금세 소모되고 만다. 세상에 가장 아까운 것이 세월과 정신이다. 강물처럼 흘러가는 세월 속에 어떻게 내 정신을 바르게 지켜 아깝지 않은 삶을 살 수 있을까? 약관을 넘긴 청년은 열두세 살 적부터 날마다 이런 생각을 하며 살았다. 그래서 그 아까운 세월에 바른 정신을 지니며 살려고 책상 위 공책에 날마다 하루하루의 다짐 같은 것을 적고 또 적었다. 지난 시절의 비망기를 꺼내 들 때마다 나는 지금 바른 길을 가고 있는가? 청춘의 보석 같은 시간을 허투루 보내고 있지는 않는가 하고 점검해 보았다. 스물세 살의 젊은이는 그해 7월 16일 해질 무렵에 이 글을 적었다. 그날 그의 눈에 비친 석양빛은 어떤 빛깔이었을까?

그보다 두 배를 더 살고 열 살을 더 먹은 내가 이 글을 옮기며 내 시간들을 되돌아보려니 실로 만감이 교차한다.

天地間最可惜者, 歲月也, 精神也. 歲月無限,
精神有限, 虛費了歲月, 其衰耗之精神,
無可復收拾矣. 凡人髫以前無論, 自髫而冠,
冠而娶, 既娶乎則弱女稚子, 森森滿眼,
居然為人父. 少焉髮蒼白, 而始抱孫, 老之勢,
浩難防矣. 於是搔首思髫而冠, 冠而娶,
以至于抱孫而髮蒼白, 則其精神之衰盛,
判然若先後天. 細撿其平生, 瓠落無所成,
雖長嘯太息, 無計奈何矣.

余自十二三, 早已覺此事, 懼歎弸中.
且今冠娶者近十稔, 種種頤頗鬚. 尤顧影而惕曰:
"今余年少而精神皎皎, 如其不早讀書,
學為己, 搔首之悲, 當遽歸於余也.
區區志意, 庶欲於言行上勖勉, 而世念淪汩,
有時乎間斷, 其可惜可勝歎哉. 迺置簡於案,
事親讀書暇, 有由中之得, 則隨書之漸成篇.
縱知空言無補, 然其自為計, 則庶或未為失也.
於歲月精神之最可惜, 愈往而愈致意焉.
此書其亦一端之助歟. 癸未秋月之十六日, 日將晡,
四以齋居士識.

01

이런 사람은 되지 않겠다

얼굴을 곱게 꾸미고 낯빛을 아리땁게 가꾸면
남자라도 도리어 부인네만 못하다. 기운을 평온히
하고 마음을 바로 지니면 비록 천한 종이라도
군자가 될 수 있다. 책을 읽는다면서 비루한
이야기를 입에 담으면 닭과 개를 마주하더라도
부끄러울 것이다. 손님을 보낸 뒤에 이러쿵저러쿵
논하는 것은 귀신 또한 가증스러워한다. 말을
경솔하게 하면 재상의 지위에 있다 해도 천한
종이나 다름없다. 걸음걸이가 방정맞으면 나이
많은 늙은이라도 아이만 못하다. 내가 일찍이 이

글을 동쪽 벽에다 붙여 놓고 그 끝에다가 썼다.
"명숙이 명숙의 서실에다 이를 썼으니 명숙이
어찌 명숙을 속이랴!" 대개 깊이 경계하는 말이다.

여인네만도 못한 장부, 개나 닭 보기도 부끄러운 사람. 귀신도
가증스러워할 주인, 천한 종만도 못한 재상. 애 보기에도
부끄러운 경박한 노인, 나는 이런 사람은 되지 않겠다. 기운을
착 가라앉혀 마음이 정대한 그런 사람이 되겠다. 신분이 비록
천해도 군자 같은 사람이라야지, 어이 지위는 한껏 높으면서
하는 짓은 하인배만도 못한 그런 인간이 되랴!

媚容嬌色, 雖丈夫反不如婦人. 平氣正心,
雖賤隷可以爲君子. 讀書談鄙俚, 對鷄犬亦羞愧.
送客論是非, 想鬼神亦憎恨. 言語輕率, 雖卿相位,
奴隷是似. 行步褌被, 雖耆艾年, 兒童不如.
余嘗題此於東壁, 書其尾曰:"明叔書之明叔之室,
明叔豈欺明叔." 盖深警之之辭.

02

이름 부르기

풍속이 경박해져서 옛 성현의 이름을 함부로 불러 댄다. 내가 일찍이 이를 경계해서 옛날의 뜻 높은 분이나 학사(學士)는 꼭 존경해서 자(字)나 호(號)로 부른다. 예를 들어 도잠(陶潛)은 정절(靖節)이라 부르고, 한유(韓愈)는 퇴지(退之)라고 말하는 종류다. 또 세상의 풍속이 도탑지 못해 매번 남을 이기는 데만 힘을 쏟아 아버지 연배의 여러 어른의 이름을 마치 어린애 부르듯 하니 이 또한 듣기에 해괴하다. 또 재상은 임금 또한 존경하여 이름을 부르지 않거늘 일반 사람이 어찌 부를 수

있겠는가? 또 어렸을 적 이름은 부모와 조부모,
백부모와 숙부모만 부르고 나머지 사람은 모두
불러서는 안 된다. 관례를 치르고 자를 지어 주는
것은 그 뜻이 어디에 있겠는가? 벗 사이에 관례를
치르고 나서도 아이 적 이름을 부르는 것이
괜찮은 줄 잘 모르겠다.

이름값을 하려면 남의 이름 중한 줄을 알아야 한다. 성현의
이름을 함부로 입에 올리고, 어른의 함자를 어린애 이름 부르듯
한데서야 되겠는가? 정승의 이름을 동네 강아지 이름 부르듯
하니 참람하고 민망하다. 말로 그 사람의 인격이 드러난다.
말 한마디에 본색이 드러난다.

輕薄之俗, 容易呼古聖賢名. 余嘗戒之,
如古之高人學士, 當尊敬, 以字號呼之.
如陶潛曰靖節, 韓愈曰退之之類也. 且世俗不厖,
每務勝, 呼父執諸丈老之名如小兒, 是亦駭聽.
且宰相者, 吾君亦尊敬不名, 士庶豈可呼之?
且小名者, 父母及祖父母伯叔父母呼之,
其餘皆不可. 冠而字之, 意安在? 有朋友旣冠,
呼小名者, 莫知其可也.

03

유
감

마음이 들뜬 부류들은 경전의 글과 그 밖에
학문에 관한 말을 보기 싫어한다. 그러면서
재미있기는 소설책만 한 것이 없다고 한다. 비록
경서를 읽는 사람이 있긴 해도 표절하여 글쓰는
데 가져다 써먹기에만 힘쓰니 제대로 읽는 것이
아니다. 간혹 뜻을 두어 읽을라치면 도리어 썩은
선비라며 조롱한다. 나는 이것이 유감이다.

세상은 재미만 찾고 깊이를 잃었다. 폼만 잡고 품위가 없다.
공부를 하면 촌스럽다고 하고, 책을 읽으면 잘난 척한다고
한다. 그나마 하는 공부도 써먹기 위해서다. 건들건들 놀며
시시덕거린다. 재미있는가? 즐거운가?

浮華之流, 厭看經書, 及其它學問等語. 判知滋味,
不如稗官. 雖有讀者, 務爲剽竊, 傅會詞章,
非眞讀也. 或有意讀之, 則反嘲曰腐儒.
余於斯有感.

어
른
모
시
기

어른을 모시는 것은
온종일 방심을 거둘 수 있다는 점에서,
독서하면서 거두어 단속하는 것보다 훨씬 낫다.
젊은이들이 으레 어른 모시기를 몹시 싫어해
심지어 6월의 어르신이란 조롱이 있기에 이르니,
어찌 그럴 수가 있는가?
혹 부형의 곁을 싫다 하며 피하는 자까지 있으니
내가 적이 미워한다.

어른을 모시려면 잠시도 마음을 놓을 수가 없다. 긴장하고
있어야 한다. 책을 읽으며 마음 단속하는 것보다 수양 공부로는
더 낫다. 어른 모시기 싫다고 "오뉴월 볕이 길대야 얼마나
가겠는가?" 하고 이죽거리기까지 하니 어찌 이리 강퍅한가?
어른 근처에도 안 가려 드는 자를 나는 미워한다.

侍長者, 終日可收放心, 勝於讀書收撿.
少年例多厭侍長者, 甚至有六月尊長之嘲,
何其可也? 或有厭避父兄側者, 余竊惡焉.

05

박약(博約)과 잡루(雜陋)

호굉(胡宏)이 말했다.

"학문은 해박해져야지 잡스러워서는 안 된다.
요약해야지 비루해서는 못쓴다."

해박함과 요약 이 두 글자는 잡됨과 비루함의
치우친 폐단을 각각 구해 준다.
배우는 자라면 항상 이 말을 외워야 한다.

해박한 것과 잡다한 것은 다르다. 간략하게 압축해 집약한 것을 비루한 것과 혼동하면 안 된다. 이것저것 집적거리는 것은 잡다한 것이지, 해박한 것과는 거리가 멀다. 하나로 모여 집약된 간결함은 배운 것 없어 비루한 것과는 하늘과 땅 차이다. 박문약례(博文約禮)! 글을 널리 보아 예로 이를 집약한다. 그래야 공부가 잡스럽지 않고 천해지지 않는다. 그저 열심히만 한다고 공부가 아니다. 들이파며 공부해도 잘못하면 도리어 비루해질 수가 있다.

胡子曰: "學欲博, 不欲雜. 欲約, 不欲陋云."
此博約二字, 各救其雜陋之偏弊, 爲學者常誦此言,
可也.

06

교
만

예로부터 재능을 지닌 자는 교만하고 뽐내는 데로
마음이 쏠린다. 끝에 가서 몸을 망치고 이름을
욕되게 하는 것은 모두 '교(驕)'란 글자에서 싹터
나온다. 비록 빼어난 재주와 하늘과 통할 만한
학문을 지녔다 해도, 지위의 높고 낮음, 신분의
귀하고 천함을 따지지 말고 상대와 마주 대할 때
얼굴 위에 교만의 기운을 버리고, 말할 때도
교만이란 글자를 버려야만 바야흐로 망령된
남자가 되지 않는다.

'이래 봬도'와 '저 까짓게'를 버려라. 자신에 대한 긍지가 남에 대한 멸시로 나타나면 공부가 덜 된 증거다. 상대의 신분과 처지를 보고 대하는 태도가 바뀌는 것은 헛배웠다는 증좌다. 교만은 내 발등을 찍는 도끼다. 공부해서 건방이 늘면 사람만 버린다. 안 하느니만 못하다.

自古挾才能者, 動心驕矜. 末稍, 喪身辱名,
皆從驕字上萌. 雖有兼人之才, 通天之學,
無計尊卑貴賤, 應接之時, 面上去驕字,
言頭去驕字, 方不爲妄男子.

07

명나라의 흥망

명나라는 몹시 바르게 천하를 얻어, 오랑캐를
화하(華夏)로 바꿔 놓았다. 천하를 잃는 것도
바르게 해서 사직에서 순절하였다. 다만
오랑캐에게서 얻은 것은 통쾌하다 할 만했으나,
또 오랑캐에게 잃은 것은 한스럽다 할 만하다.

세
정석
담

아무리 이덕무라도 이런 생각은 조금 답답하다. 바르게 얻을
수는 있지만 바르게 망할 수도 있나? 명나라는 환관의 발호와
황제의 무능으로 망했다. 마지막 숭정 황제는 사직단 아래
나무에 목을 매달아 죽었다. 죽고 싶어 죽은 것이 아니라 죽을
수밖에 없어서 죽었다. 이것이 천하를 바르게 잃은 것이라
두둔하는 것은 조금 곤란하지 않을까? 세상의 운세는 돌고
도니, 오랑캐인 청나라는 명나라보다 폭력적이었지만 훨씬
나은 치세를 이루었다. 이를 또 어찌 평가해야 할까?

皇明得天下甚正, 用夷變夏. 失天下亦正,
殉於社稷. 但得之於胡, 可謂快矣, 而又失之於胡,
可謂恨矣.

08

삼봉 정도전

삼봉 정도전이 국초에 죄로 죽었다. 하지만 고려 말 부처에게 아첨하는 세상에 태어나서 능히 글을 지어 불법을 배척하되 변론으로 깨뜨림이 몹시 적확하였다. 또 포은 정몽주에게 편지를 보내 중들과 친근하게 지내는 것을 나무랐다. 이 일은 유문(儒門)에 공이 있는 사람이 되기에 충분하다.

사람이 한 시대의 풍기에서 뛰쳐나와 자유롭기가 어렵다. 누구나 믿고 따라 보편 신앙이 되었던 불교를 삼봉 정도전이 나서서 공개적으로 비판했다. 글로 조목을 나누고 사리로 따져서 하나하나 지적했다. 포은 정몽주조차도 그때는 승려들과 가깝게 왕래하고 교분을 나누는 것을 자연스럽게 여겼다. 정도전은 이조차도 안 된다고 나무랐다. 아무나 하기 힘든 일을 그는 했다. 아무도 하지 못한 말을 그가 했다.

三峯鄭道傳國初罪死, 然生於麗季佞佛之世,
能著書闢佛, 辨破甚確. 又抵書圃隱,
詆其親近釋子, 此事足爲儒門有功人.

09

장서

만약 1만 권의 장서를 지니고서 빌려주지도 않고
읽지도 않고 햇볕에 쐬어 주지도 않는다고 하자.
빌려주지 않는 것은 어질지 않은 것이고, 읽지
않는 것은 지혜롭지 않은 것이며, 볕에 쐬어 주지
않는 것은 부지런하지 않은 것이다. 사군자는
반드시 책을 읽어야 하니 빌려서라도 읽어야 한다.
책을 묶어 놓기만 하는 자는 부끄러운 줄 알아야
한다.

책은 천하의 공물(公物)이다. 공유하는 것이 맞다. 저는 읽지
않으면서 남도 못 보게 하는 것은 군자의 도리가 아니다. 꽁꽁
묶어 넣어만 두고, 빌려주지도, 읽지도, 이따금 햇볕에 쬐어
주지도 않는 자는 군자의 반열에 두고 얘기할 수가 없다.
이덕무는 가난해 늘 책을 빌려서 읽었다. 읽고 싶은 책을
빌려주지 않는 사람에게 맺힌 것이 있어서 쓴 글이다.

若有藏書萬卷, 不借不讀不曬, 不借不仁,
不讀不智, 不曬不勤. 士君子必讀書, 以資借猶讀,
有以束閣者爲愧.

10

자녀 교육

옛사람은 자식은 어려서부터 가르치라고 했다.
사람들은 언제나 아이가 어른의 말씀을 따르지
않는다고 말하곤 한다. 이는 기습(氣習)이 많은
아이다. 기습이 많은 자는 높이 올라 현달하면 그
행동거지가 방자해진다. 자라서는 금지하는 일에
빠져드는 경우가 많다. 아! 부형의 부끄러움이
깊구나. 자식에게 천금을 물려줌은 자식에게 경전
하나를 가르치는 것만 못하다.

옛사람의 말은 『안씨가훈(顏氏家訓)』에 나온다. 자식은
어려서부터 가르쳐야 하고, 며느리는 처음 시집왔을 때부터
가르쳐야 한다고 한 구절에서 끌어왔다. 아직 자신의 에고가
생기기 전에 가르치지 않으면 나중에는 바로잡으려 해도
바로잡을 수가 없다. 사람들은 "아이가 어른 말을 좀체 듣지를
않는다."라고 탄식한다. 가르침의 때를 놓친 탓이다. 자아가
강한 아이는 고집이 세고 제 주장이 강해서, 이런 사람이
현달하여 높은 지위에 오르면 방자해서 못하는 짓이 없다.
어른이 되어서도 꼭 법으로 금하는 일에 빠져서 몸을 망친다.
그때 가서 좀 더 어릴 때 제대로 가르치지 못한 일을 뉘우쳐도
소용이 없다. 천금을 물려주랴. 경전 한 줄이라도 더 가르치는
것이 낫다. 공부는 때를 놓치면 보람이 없다.

古人云: 敎子嬰孩. 人必曰兒不遵長者言.
是多氣者. 多氣者騰達, 恣其行止. 及長,
陷於辟者多. 嗚呼! 父兄之愧深乎. 遺子千金,
不如敎子一經.

11

안
빈

옛사람이 말했다. "가난이란 글자는 입에
담아서도 안 되고 종이에 써도 안 된다." 부자를
향해 자신의 가난을 말하면, 그 사람은 그때
"이는 내게 구하는 것이니 어찌 없는 체하지
않으랴."라고 할 것이다. 안연(顏淵)이 나물밥을
먹으면서 어찌 자공(子貢)의 무리를 향해
가난을 말했겠는가? 그렇다면 어찌해야 할까?
안빈(安貧)하면 된다. 안빈, 즉 가난을 편히 여기면
가난을 말하지 않게 된다.

가난이란 말은 입에 올리지도 말고, 글로 쓰지도 말아야 한다. 부자 앞에 가난을 하소연하면 부자는 으레 돈 좀 보태 달라는 소리로 듣고 제 어려운 형편부터 미리 말한다. 가난을 말해 봤자 보탬은 없고 구차하고 민망함만 더해진다. 나물밥 먹고 살았던 안연이 돈 많은 자공에게 제 가난을 호소했다는 말을 들은 적이 없다. 정답은 안빈낙도(安貧樂道)다. 가난이 어찌 편한 것이겠는가? 하지만 그러려니 해야 편해진다. 그 가난이 거북하지 않아야 내 입에서 가난 타령이 사라진다. 가난을 피할 수 없다면 가난에 찌들지 말고 가난을 동무 삼아 함께 건너갈 일이다.

古人云: "貧字不可形於口, 不可書於紙."
對富人言其貧, 彼其當日: "是求於我也,
豈不餒哉." 顏子飯疏, 豈向子貢輩言貧乎?
如之何則可. 曰安貧. 安貧則不言貧.

다언(多言)

12

많은 일은 많은 말에서 비롯된다.
많은 말은 마음을 수렴하지 못하는 데서 시작된다.
그렇다면 입을 다물어 말을 하지 말아야 할까?
그렇지는 않다.
말할 때 행할 것을 살핀다면
흰 말을 하지 않게 된다.
행함에 그 말을 실천한다면
흰 행동을 하지 않게 된다.
어찌 노불(老佛)에서 말하는 청정과 적멸을 말하는
것이겠는가?

말이 많아 늘 탈을 만든다. 말이 많은 사람은 마음 간수가 잘
안 되는 사람이다. 탈을 줄이려면 말수를 줄여라. 하지만 입
다물고 살 수는 없는 법이니, 말할 때 실행에 옮길 수 있는지를
먼저 생각하고, 행동할 때는 앞서 무슨 말을 했는지를 따져
봐야 한다. 그래야 흰 말, 흰 행동을 하지 않게 된다. 희떱지
않게 된다. 누가 면벽하고 앉아 묵언 수행을 하라고 했나?
책임질 수 있는 말만 하라고 했지.

多事從多言始, 多言從不收斂方寸始.
然則緘口不言乎哉? 曰非也. 言顧其行,
則不素其言, 行踐其言, 則不素其行.
豈老佛清淨寂滅之謂也.

13

소설에 빠지면 안 된다

소설은 사람의 마음을 가장 잘 무너뜨리니
자제들로 하여금 펼쳐 보게 해서는 안 된다. 한번
여기에 마음을 붙이면 빠져 헤어나지 못하는
자가 많다. 명나라 때 청원(清源) 홍문과(洪文科)가
이렇게 말했다. "명나라의 소인(騷人)과
묵객(墨客)이 『완사계(浣紗溪)』와 『홍불기(紅拂記)』,
『절부기(竊符記)』와 『투필집(投筆集)』 등의 글을
지었다. 무릇 혈기가 있는 자라면 모두 알아
분발하였다." 아, 어찌 이렇게 말한단 말인가?
내가 일찍이 들으니, 명나라 말엽에 떠돌이

도적들이 흔히 『수호전(水滸傳)』 속 강도의
이름을 가져다 썼다는데, 이 또한 사람의 마음을
감격시키는 데 일조를 한 셈이란 말인가. 내가
예전 『수호전』을 보았는데, 인정과 물태를 묘사한
대목은 글에 담긴 마음이 교묘해서 소설 중에
최고라 할 만해 녹림(綠林)의 동호(董狐)라 부르기에
합당했다. 하지만 사대부가 온통 빠져들고 말았다.
판본 중에는 종백경(鍾伯敬)이 평비(評批)를 단 것도
있는데, 종백경의 미친 것이 이와 같단 말인가?
내 생각에 경박한 무리들이 종백경의 이름을
빌려다가 간행하여 그 책을 무겁게 하려고 한
것이지 싶다.

사람은 시대의 풍기를 벗어나기 어렵다. 이덕무의 소설에 대한
혐오와 증오는 오늘의 관점에서 보면 뜻밖이다. 바른 학문이
실종되고, 선비들의 기습이 갈수록 경박해져서, 읽어야 할
책은 안 읽고 소설에만 온통 빠져서, 그 말투를 흉내 내고 그
줄거리로 화제를 삼으며, 그 행동을 따라 하는 것을 한 시대의
멋으로 안다. 이덕무가 안타까워한 것은 바로 이 같은 풍조다.
심지어 양아치, 도둑놈까지 『수호전』 등장인물의 이름을 빌려
행세하는 세상이 되었다. 종성(鍾惺) 같은 문인이 『수호전』 같은
소설책에 평비를 달았을 리 없다는 이덕무의 말에 안타까움이

묻어난다. 이덕무의 이 말은 오늘로 치면 모범생이 게임이나 SNS에 너무 빠지면, 공부의 마음이 흐려지니 멀리 해야 한다는 정도의 맥락으로 읽으면 된다. 단지 소설의 음란성과 폭력성은 지금에 보더라도 수위가 높았다.

小說最壞人心術, 不可使子弟開看. 一着於此,
淪沒者多. 明朝淸源洪文科曰: "我朝騷人墨客,
作浣紗紅拂竊符投筆等記, 凡有血氣者,
咸知奮發. 誠感激人心之一助, 可謂盛矣."云.
嘻嘻! 烏足道哉. 余嘗聞明末流賊,
多冒水滸傳中強盜名字, 是亦感激人心之一助哉.
余嘗看水滸傳, 其寫人情物態處, 义心巧妙,
可爲小說之魁, 合號綠林董狐. 然士大夫一向沉湎.
一本有鍾伯敬評批者, 伯敬之顚倒, 乃如是耶.
意者, 浮薄輩借伯敬名字入梓, 以重其書歟.

14

김성탄과 시내암

또 김성탄(金聖嘆)이란 자가 있는데 제멋대로
평을 달고 찬(讚)을 써서, "천하의 문장으로
『수호전』보다 나은 것은 없다. 『수호전』을 잘
읽으면 사람됨이 여유작작해진다."라고 직접
말했다. 또 방자하게 『맹자』를 매도하여 전국시대
유세하던 지식인의 습기를 벗어나지 못했다고까지
하였다. 비록 김성탄이 어떤 인간인지는
자세히 알지 못하나, 그 광망하고 패려궂음을
여기에서 알 수가 있다. 그 말은 추키고 낮춤이
현란해서 재주꾼은 재주꾼이니, 시내암(施耐庵)의

좌구명(左丘明)이요, 법문(法門)의 송강(宋江)이라 할 만하다. 내 생각에 시내암은 금수(錦繡)의 재주로 한 덩어리 원통함과 분함이 가슴속에 답쌓여 있었던지라 이같은 알맹이 없는 말을 펴서 그 평생에 세상을 욕하던 마음을 펼쳤던 것이리라. 그 마음이야 슬프고 또 괴로웠겠으나 그 죄는 머리털을 뽑아서 세더라도 속죄하기 어려울 것이다.

이덕무가 작심하고 쓴 소설 해독론이 이어진다. 이번 단락은 김성탄을 타깃으로 삼았다. 김성탄은 『수호전』만 제대로 읽으면 문장 공부는 끝난다고 말했다. 심지어 『맹자』의 문장이 전국시대 각국을 떠돌며 유세하던 세객(說客)의 습기가 도처에 남아 있다고 폄하하기까지 했다. 글깨나 한다는 지식인이 성현의 말씀을 모욕하고, 소설의 문장을 경전의 반열에 올려놓는 발언을 서슴지 않으니 오늘날 젊은이들이 소설에 빠지는 것을 자랑으로 알게 만든 원흉이 따로 없는 셈이다. 예전 어려운 『춘추』를 좌구명이 풀이를 달아 『춘추좌씨전』으로 읽힌다. 시내암이 지은 『수호전』에 김성탄이 날개를 달아 주었으니, 김성탄은 시내암의 좌구명인 셈이다. 양산박 도적 떼의 두목 송강을 법문의 우두머리에 앉힌 것이나 다름없다. 시내암도 그 빼어난 재주를 가슴속에 쌓인 원한을

풀자고 알맹이 없는 허튼 얘기로 세상을 욕하는 데다 펼쳤으니
그 죄를 어찌 감당하겠는가? 천하의 공부에 힘 쏟아야 할
젊은이들로 하여금 공부를 멀리하게 만든 장본인이란 뜻으로
한 말이다. 김성탄의 말이 이들에게 바른 학문을 멀리하고
소설에 마음 쏟는 것을 자랑으로 알게 만들었다.

又有金聖嘆者, 姿意評讚, 自言天下之文章,
無出水滸右者, 善讀水滸, 其爲人綽綽有裕.
又肆然罵孟子, 爲未離戰國遊士之習云.
雖不詳知聖嘆之爲何許人, 而其狂妄鄙悖,
從玆可知也. 其爲言也, 抑揚眩亂, 才則才矣,
可謂耐庵之丘明, 法門之宋江矣. 意者,
耐庵以錦繡之才, 有一塊寃憤, 疊欝於中,
發此無實之言, 叙其平生罵世之心歟.
其心則悲且苦矣, 其罪則擢髮難贖也.

15

소설의 세 가지 미혹

소설에는 세 가지 미혹됨이 있다. 없는 것을 늘어놓고 빈 것을 천착하며, 귀신을 말하고 꿈을 얘기하니, 이를 짓는 것이 첫 번째 미혹됨이다. 허황한 것을 편들어 주고 천하고 비루한 것을 고쳐시키니, 이를 평하는 것이 두 번째 미혹됨이다. 등잔 기름과 시간을 허비하면서 경전을 내팽개치니, 이를 보는 것이 세 번째 미혹됨이다. 이를 짓는 것도 오히려 불가하거늘 무슨 마음으로 평을 한단 말인가. 이를 평하는 것도 오히려 안 되는데, 또 『삼국지』의 속편을

만들거나 『수호지』의 속편을 짓기까지 하니
더더욱 비루하고 비루함을 논할 만한 것이 못된다.
아! 시내암과 김성탄 같은 무리의 재주와 지혜로
이를 본분의 일에다 옮겨 부지런히 애쓴다면 어찌
공경하지 않을 수 있겠는가? 심한 자는 음란하고
더러운 일을 부연하고 괴벽한 일을 늘어놓아 남의
눈을 기쁘게 하기에 힘쓰면서도 부끄러운 줄을
모른다. 내가 일찍이 소설의 서목을 보았는데,
그중에는 개벽(開闢)이니 연의(演義)니 하는 것이
있었다. 비록 열어 보지는 않았지만 그 제목만
보더라도 괴이하기 짝이 없다. 내가 어렸을 때
10여 종을 보았는데 모두 남녀 간의 풍정과
뒷골목의 상말뿐이어서 이따금 눈이 즐겁긴 했다.
하지만 실제로 이 같은 일이 없었다는 것을 확실히
알고 나서는 증오하는 마음이 점차 커져서 전혀
재미가 없어졌다. 이에 그 같은 책에 눈길을 주지
않게 되었다.

이번엔 자신의 경험에 비추어 소설의 세 가지 미혹에 대해
말했다. 즉 짓는 것과 평하는 것, 그리고 읽는 것이다. 소설의
작가는 있지도 않은 이야기를 꾸며 사람을 현혹하고, 평하는
자는 이를 부추겨 조장하며, 읽는 자는 이 때문에 경전을

멀리하고 헛된 책 읽기에 시간을 허비한다. 그 내용이란
것은 대부분 남녀 간의 사랑 이야기거나 민간에서 떠도는
이야기일 뿐이다. 실제로 일어나지도 않은 일을 사실보다 더
핍진하게 그려 내 이목을 기쁘게 하지만 다 읽고 나면 남는
것이 아무것도 없다. 귀하고 아까운 시간을 여기에다 온통
쏟아붓는다면 귀한 인생이 너무 안타깝지 않은가? 젊음의
시간은 그저 흘려보내도 되는 시간이 아니다. 창조의 열정으로
자신을 지속적으로 향상시키는 시간이라야 한다. 먼저 해야 할
일과 나중에 해도 될 일을 섞으면 안 된다.

小說有三惑, 架虛鑿空, 談鬼說夢, 作之者一惑也.
羽翼浮誕, 鼓吹淺陋, 評之者二惑也. 虛費膏晷,
魯莽經典, 看之者三惑也. 作之猶不可,
何心以爲評; 評之猶不可, 又有續國誌者,
續水滸者, 鄙哉鄙哉, 尤不足論也. 嗚呼!
以施耐庵聖嘆輩之才且慧, 移此勤於本分事,
則其可不敬之乎. 甚者敷淫穢演僻怪, 務悅人目,
不知羞恥. 余嘗見小說書目, 中有開闢演義,
雖不開見, 觀其名目, 怪斯極矣. 余幼時,
看十餘種, 皆男女風情, 閭巷鄙諺, 有時悅目,
實知其眞無是事, 然後憎惡之心漸加, 頓無滋味.
於是, 與眸不相爲謀矣.

16

출판의 폐해

일찍이 들으니, 중국에서는 시골의 학구(學究)들이
한가롭게 모여 얘기를 나누다가 그 자리에서 술과
고기가 먹고 싶으면 한 사람이 입으로 이야기를
불러 대면 한 사람은 받아쓰고, 몇 사람은 판목에
새겨서, 잠깐만에 두세 편을 만들어 내서는
책방에다 팔아넘기고는 술과 고기를 사서 논다고
한다. 아! 한때의 식욕 때문에 억지로 허랑한
이야기를 짓느라 힘을 쏟아 지극히 피로케 하고,
마음마저 덩달아 무너지고 만다. 그런 책은 너무
많아서 금할 수가 없고 수레와 소로도 이루 다

실을 수가 없을 정도다. 집집마다 짓고 집집이
읽으니, 이에 있어 대추나무와 배나무, 닥나무와
등나무가 입는 재앙이 지극하게 되었다.

천하에 소설이 이토록 횡행하게 된 것은 출판이 용이하기
때문이다. 중국의 경우 몇 사람이 술 생각이 나면 그 자리에서
얼려서 단숨에 그럴 법한 이야기를 지어낸다. 그 즉시 출판해서
서점에 내다 팔면 술값이 바로 생겨 한동안 즐겁게 놀 수가
있다. 그저 일없이 빈둥거리며 놀기 위해 쓸데없는 이야기를
지어내 정력을 낭비하고 심술을 무너뜨린다.
이렇게 해서 천하에는 소설이 넘쳐 나게 되었다. 사람들이
여기에 한번 빠지면 헤어나지를 못해 소설 속의 이야기와
현실을 구분하지 못해 패가망신의 길로 접어들고 만다. 짓는
사람은 마음이 무너지고, 읽는 사람은 인생이 무너진다.
이덕무의 소설에 대한 혐오는 조금 지나칠 정도다. 당시
조선에서는 여성들이 소설에 빠져서 패물을 전당 잡혀 소설을
다투어 읽고, 집안 살림을 거들떠보지 않는 경우가 허다했다.
결혼 예물로 소설을 얼마나 많이 가져가느냐가 시댁에서 받을
대우를 결정할 정도였다 한다. 그 폐해가 적지 않았다. 정조
때는 영의정 채제공(蔡濟恭)이 국법으로 이를 금해야 한다고
말하기까지 했다. 지금 우리가 생각하는 소설 무용론과는
얼마간 구분이 필요하다.

嘗聞中州村巷學究, 聞聚談話, 卽席欲酒肉,
則一人呼訴說, 一人寫, 幾人刻板, 居然成二三篇.
賣於書肆, 沽酒肉以遊云. 吁由一時食慾,
強作浪說, 用力極勞, 而心術隨壞. 其書浩不可禁,
車牛不勝載, 家著而戶讀. 於是棗梨楮藤之災,
極矣.

17

소설은 어지러운 책이다

소설은 원(元)나라 때 싹터서 명(明)나라 때
시작되었다. 오늘에 이르러서는 갈수록 더욱더
성행하고 있다. 대저 소설은 어지러운 책이고
원나라는 어지러운 나라였다. 이런 허수아비를
만든 자는 백성을 어지럽힌 죄를 더해야 할
것이다. 한(漢)나라의 당론(黨論)과 진(晉)나라의
청담(清談), 당(唐)나라의 시율(詩律)은 오히려
기절(氣節)과 풍류가 볼 만한 곳이 있었다.
그런데도 나라를 망하게 하고 도를 해쳤다. 저
소설 따위야 어찌 이 세 가지에 견줄 수 있겠는가?

이덕무의 소설 혐오론이 계속 이어진다. 이는 역설적으로
당시에 소설이 대단히 성행했다는 방증이기도 하다. 요즘
젊은이들이 게임에 빠져들 듯 당시 많은 젊은이들과 여성들이
소설에 열광했다. 국왕이 조정에서 이 문제를 심각하게
논의했을 정도로 사회문제가 되었다. 이덕무가 오죽하면
망국해도(亡國害道)의 주장을 펼치기까지 했을까? 사태의
파악에는 늘 상황 문맥이란 것이 있다.

權興於元, 濫觴於明. 至于今日, 而尤往而尤盛.
夫小說亂書也, 元亂國也. 其作俑者,
可以加亂民之誅矣. 漢之黨論, 晉之淸談,
唐之詩律, 猶有氣節風流之可觀處. 然亡國而害道.
彼小說安可方乎此三者哉.

18

김성탄의 무리

옛날에는 패관(稗官)을 두어 야담을 수집했다. 비록
번다하고 자질구레한 점은 많았지만 군자가 이를
취하였다. 전기(傳奇)와 지괴(志怪)는 사물에 대해
해박한 자가 이를 취하였다. 다만 이 소설이란
것은 위로는 당론과 청담, 그리고 시율에 미치지
못하고, 중간으로는 패관이나 야담에 미치지
못하며, 아래로는 전기와 지괴에 미치지 못한다.
김성탄의 무리가 유독 무슨 마음으로 그 사이에서
팔뚝을 부르걷고 다섯 명의 재자(才子)를 표방하여,
그 천박하고 비루함을 조장하여 소설가의 충신

노릇과 속된 무리의 지기(知己) 되기를 달게
여겼더란 말인가? 다행스럽게도 만약 중국에
어떤 사람이 있어 세상의 운세를 되돌려 빨리
새로운 명령을 내려 넓은 하늘 아래 그 묵은 책을
불사르고 새 책을 금지시키며, 혹시라도 이를
범하는 자가 있으면 그 법 조항을 엄하게 해서
인류로 상대하지 않는다면 바로잡을 수 있을
것이다.

예전 한나라 때 패관은 민간을 돌면서 떠돌아다니는 이야기를
수집해서 이로써 민심을 파악했다. 당나라 때 전기(傳奇)와
지괴(志怪)는 귀신 이야기와 남녀 간의 애정사를 다루었지만 그
속에 당시의 역사가 담겨 있어 문견을 넓히는 박물(博物) 공부에
도움이 되었다. 하지만 오늘날의 소설은 천박하고 비루할 뿐
건질 그 어떤 것도 없다. 그런데도 김성탄 같은 무리가 나와
『수호전』을 쓴 시내암과 『삼국지연의』를 지은 나관중 등에게
5재자(才子)의 왕관을 씌워 주고 그 문예를 극찬하여 세상에 이
같은 소설이 횡행하는 데 앞잡이 노릇을 했다. 어찌해야 세상의
운세를 돌려 소설 없는 세상을 살아 볼고.
오늘날 소설가들이 들으면 펄펄 뛸 얘기지만, 도덕주의적
순수성에 불타던 청년 이덕무에게는 각종 사회문제의 바탕에
소설이 있다고 믿었던 만큼 이 문제는 중요한 사안이었다.

古置稗官, 以收野談. 雖多叢瑣, 君子有取.
傳奇志怪, 博物者取之. 惟此小說,
上不及黨論淸談詩律, 中不及稗官野談,
下不及傳奇志怪. 聖嘆輩獨以何心, 攘臂其間,
標榜五才子, 助其淺陋, 甘爲說家之忠臣,
俗流之知己. 幸若中國, 有人挽回世運, 亟下新令,
溥天之下, 燒其舊書, 禁其新書, 或有犯者,
嚴其條法, 不齒人類, 殆庶幾乎.

19

소학의 연원

당(唐)나라 때 사고(四庫) 중 갑부(甲部)의 경류(經類)
속에 『소학(小學)』이 있다. 대개 삼대(三代) 적에
『소학』이 있다가 진(秦)나라 때 경적을 불태워
버리면서 없어지는 바람에 후대의 유자들이
볼 수가 없었다. 단지 소학박사(小學博士)를
두어 여러 유자들이 아이들을 일깨울 수
있는 글들을 가르쳤다. 이 때문에 『당서(唐書)』
「예문지(藝文志)」의 소학류(小學類)에는 채옹(蔡邕)이
지은 「권학편(勸學篇)」이 있으니, 대개 이런 종류의
글이었다. 주자(朱子)에 이르러 제가의 학설을

수집해 편집하여 비로소 일정한 틀을 갖춘 책이
되었다.

『소학』은 이제 공부를 시작하는 학생들에게 공부의 마음가짐을
다잡게 하려는 책이다. 예전에도 이 같은 책이 없었을 리 없다.
당나라 사고의 분류 체계 속에 포함된 『소학』의 존재가 그렇다.
여러 학자들의 글 중에서 격몽(擊蒙), 즉 공부를 본격적으로
시작하는 학생들에게 지적 자극을 줄 수 있는 글만 모아서 이
책을 엮었다. 왜 사는지, 어떻게 공부해야 하는지, 어떤 사람이
되어야 하는지를 묻고 대답하게 했다. 오늘날 주자가 엮은
『소학』은 그 같은 원칙과 원리에 입각해 집대성한 책일 뿐이다.
얼마나 중요한가? 『소학』 공부는.

唐四庫甲部經類, 有小學. 蓋三代時, 有小學,
亡於秦火, 後儒不得見. 只設小學博士,
敎授諸儒所著文, 可以擊蒙者. 故唐藝文志小學類,
有蔡邕勸學篇, 蓋此等書也. 至文公搜輯諸家說,
始爲一定之書.

20

멋진 남자

마음속에 한 점의 시기조차 없어야 호남자이다.
내가 늘 이렇게 되려고 힘써 왔다. 이런 시가 있다.

넓은 가슴 통쾌하게 서 말 가시 없애고
마음은 툭 트여서 사방 통한 큰길 같다.

하지만 또한 말만 쉽고 행하기가 어려울까 염려
되니 어떻게 해야 하나? 남의 작은 선(善)을 아끼는
것으로부터 시작하면 된다.

나는 멋진 남자가 되고 싶다. 그러자면 마음속에 한 점
시기하는 마음마저 걷어 낼 수 있어야 한다. 가슴을 넓은
바다처럼 텅 비워 일체 남을 찌르고 나를 다치게 하는 가시를
걷어 낸다. 마음은 사통팔달의 대로처럼 걸림이 없고 거침이
없어야 하리. 그게 가능할까? 우선 남의 작은 장점을 아껴
사랑하는 마음으로부터 시작해야겠다. 좋은 점만 보고 그것을
내게 미루어 확장하는 데서부터 출발해야겠다. 멋진 남자가 될
때까지, 나는 꼭 그렇게 하겠다.

心中無一点猜忌, 方是好男兒. 余嘗勉焉.
有詩曰: "胷海快除三斗棘, 靈臺洞若四通達."
亦恐言易行難, 何如乃可. 自愛人片善始.

세
정
석
담

21

내
가
아
끼
는
말

나는 전부터 "화순(和順)함이 안에 쌓이면
영화(榮華)가 밖으로 퍼져 나온다(和順積中,
榮華發外)."라는 말을 좋아했다. 또 "맑고 밝음이
내 몸에 있으면, 뜻과 기운이 신령스럽다(淸明在躬,
志氣如神)."라는 말도 좋아한다. 또 장자(莊子)가
말한 "못처럼 침묵하고 천둥같이 소리치며,
시동(尸童)처럼 있어도 용같이 드러난다(淵默雷聲,
尸居龍見)."라는 말을 아낀다. 언제고 벽에다 써
붙여 놓고 입으로 외우지 않은 적이 없었다.

꽃은 그저 피어난 것이 아니다. 뿌리로부터 받은 영양을 줄기로
공급받고 꽃눈을 아끼고 보듬어 정성을 쏟은 결과일 뿐이다.
뿌리의 건강 없이 꽃만 예쁜 법이 어디 있는가?
내 마음이 해맑고 밝아 아무 삿됨이 없으면 내가 품은 뜻과
내가 뿜는 기운이 절로 신령스럽게 된다. 남에게 대단하단 말은
듣고 싶어 하면서, 그 대단함을 이루게 해 주는 바탕은 다지려
하지 않으니, 언제 그 꿈을 이루겠는가? 나는 깊은 연못처럼
침묵하고, 우레같이 소리 지르리라. 시동(尸童)처럼 미동도
않고 있다가, 용처럼 오색구름을 올라타고 하늘로 솟구치겠다.
이 세 가지 여덟 자를 벽에 써붙여 놓고 어제도 오늘도 나를
점검했다. 내일도 모레도 점검하겠다.

余嘗愛'和順積中, 榮華發外'之語. 又愛'淸明在躬,
志氣如神'之語. 又愛莊周'淵默雷聲,
尸居龍見'之語. 未嘗不書諸壁而誦語口.

22

도연명의 시

도연명(陶淵明)의 시는 천연 그대로니, 이것이 바로
사대부의 마음가짐이다. 도연명의 시를 읽을
때는 먼저 그 말과 취향이 우아하고 고결함을
살펴야지, 단지 시인으로만 지목하지 않아야 한다.
한갓 시인으로만 지목한다면 도연명이 어찌 나를
비웃지 않겠는가?

내가 도연명의 시를 사랑하는 것은 그 안에 사대부의 바른 마음가짐이 깃들어 있기 때문이다. 그의 시를 읽을 때는 표현미나 수사의 교묘함은 잠시 내려 두고, 그 말의 우아함과 그 취향의 고결함을 살펴야 마땅하다. 시인의 재간만으로 그의 시에 감탄한다면 도연명에게 부끄러운 일이다. 시를 읽고 시를 써서 내 삶이 더 나아질 수 없다면 그런 시를 왜 읽고 왜 쓰겠나?

陶靖節詩天然, 是士大夫心事. 讀陶詩,
先觀其語趣之雅潔, 不獨以詞家目之, 可也.
徒詞家目之, 淵明豈不笑我乎?

세
경
석
담

23

유불(儒佛)의 구분

우리나라에서 천고에 탁월한 것은 선비와 승려의
등급이 몹시 엄격한 점이다. 일찍이 들으니 고려
시대에는 불교를 숭상하여 유학과 불교가 뒤섞여
있었다. 사대부 집안의 벽 위에 승려들이 쓰는
갓이 서너 개쯤 걸려 있지 않으면 명사가 될 수
없었다. 길을 가다가 서로 만나도 선비가 먼저
승려에게 절을 하면 승려는 꼿꼿이 선 채 그
절을 받았다. 대개 그때는 벌열가의 자제가 많이
출가한지라 사대부가 이를 스승으로 삼거나 벗을
삼으면서도 부끄러워하지 않았다. 신돈(辛旽)에

이르러 임금과 더불어 탑전에 걸터앉자, 정언(正言)
이존오(李存吾)가 이를 꾸짖어 내려오게 했다. 그
당시의 간관(諫官)으로서는 어려운 일이었다고
말할 만하다.

스물세 살의 젊은 이덕무는 조금은 과도한 이상주의자의
모습이다. 소설을 격렬하게 비난하고, 불교를 배척하는 생각을
감추지 않는다. 조선의 가장 훌륭한 점을 유교의 선비와
불교의 승려를 명분으로 갈라 등급을 분명히 한 점이다. 고려
때는 이렇지 않았다. 유불의 왕래가 자연스러웠다. 오히려
승려가 선비의 위에 있었다. 길에서 승려를 만나도 선비가
먼저 절을 올리면 승려는 서서 받았다. 지금은 그렇지 않다.
승려는 사대문 안쪽으로는 들어오지도 못한다. 고려 말 신돈이
임금과 함께 탑전에 대등하게 앉아 있을 때, 정언 벼슬에 있던
이존오가 꾸짖어 내려오게 한 것은 지금 생각해도 통쾌하다.
결코 아무나 할 수 있는 말이 아니었다.

我朝卓越千古者, 儒士釋流, 等級甚嚴.
甞聞麗時尚佛, 儒釋混淆. 士大夫家壁上,
不掛僧笠三四, 則不爲名士. 相逢路次,
儒先拜於釋, 釋植立受之. 蓋其時閥閱子弟多出家,
故士大夫師友而不恥. 以至辛旽, 與至尊踞榻,
李正言存吾叱之下床, 以其時諫官, 可謂難矣.

24

승려 대접

또한 승재(僧齋)와 승겁(僧刧)의 습속은 추하여 차마
들어줄 수가 없었다. 조선에 이르러 통렬하게 그
습속을 제거하자, 벌열가에서 비로소 출가를 수치로
여겼다. 이제껏 승려가 길에서 선비를 만나게 되면
아는 사이이든 모르는 사이이든 할 것 없이 승려가
먼저 절을 하면 선비는 편안하게 거들떠보지도
않는다. 또 성안에 있는 사찰을 헐고, 때로는 승려가
성문으로 들어올 수 없도록 금지하기도 했다. 물이
맑은 경수(涇水)와 흐린 위수(渭水)가 섞이지 않듯이
분명하였으니 바르다 할 만하다.

윗글에 계속 이어지는 생각이다. 고려 때는 승려를 찾아가
소원을 빌며 재(齋)를 올리거나, 심지어 기도차 찾아간 여성을
승려가 겁탈하는 추문도 심심찮았다. 이 같은 폐습을 조선에
들어 통렬히 제거하자, 승려가 되어 출가하는 것을 부끄럽게
여기게 되었다. 과거와 달리 승려가 먼저 절을 해도 선비는
거들떠보지도 않는다. 고려 때 같으면 상상하기 힘든 풍경이다.
도성 안에 절집을 다 헐었을 뿐 아니라 승려가 사대문 안에
들어오는 것조차 법으로 금했다. 이를 통해 불교의 폐습이
비로소 바로잡힐 수 있었다.

又僧齋僧刧之俗, 醜不忍聞. 至國朝, 痛除其習,
閭閻始以出家爲羞. 至今釋流逢儒士於路間,
無論知與不知, 先拜則儒士晏然不顧.
又毀城中寺刹, 時有僧尼不入城門之禁. 判若涇渭,
可謂正矣.

25

도(道)의 선후

도는 눈앞에서 날마다 쓰는 사이에 있으므로
몹시 얕고도 가깝다. 얕기로 말하면
물 뿌리고 비질하며 응대하는 것만 한 것이 없고,
가깝기로는 어버이를 사랑하고 어른을 공경하는
것보다 더한 것이 없다. 훌륭한 사람이 되겠다고
하는 자가 흔히 이것은 버려 두고 높고 큰
것만을 엿보아 반드시 먼저 하늘을 말하고
역(易)을 설명하려 드니, 등급을 뛰어넘어 차례를
따르지 않음이 이와 같다. 사람의 일을 알지
못하면서 어찌 하늘의 일을 알겠는가? 사람의

이치를 모르는 터에 어찌 『주역』의 이치를 알 수
있겠는가?

도는 어디에 있나? 일상에 있고 눈앞에 있다. 멀리 아득한
데 있지 않다. 집안일에 법도를 잃지 않고, 부모와 어른에게
공경하는 일에서 벗어나지 않는다. 도를 배운다는 자는 입만
열면 천리(天理)를 말하고 툭 하면 역(易)의 원리를 설명하려
든다. 도에도 차례가 있다. 가까운 데서 먼 데로 미루어 나가는
것이지, 발밑은 버려 두고 먼 하늘 위에서 찾을 수 있는 것이
아니다. 먼 데서만 도를 찾으려 들면 도를 얻지 못할 뿐 아니라
사람만 버리게 된다.

道在日用目前, 甚淺近. 莫淺於灑掃應對,
莫近於愛親敬長. 欲做好人者, 多舍此去而窺高大,
必先欲談天說易, 其躐等而不循序如此. 未知人事,
安知天事. 未知人理, 安知易理.

26

하학(下學) 공부

적계(籍溪) 호헌(胡憲)은 부릉처사(涪陵處士)
초정(譙定)에게서 『주역』을 배웠다. 오랜 시간이
지났는데도 터득하지 못하자 초정이 말했다.
"이것은 본시 당연하다. 대개 마음이 물욕에
젖은 때문에 보이지 않는 것이다. 오직 배워야만
분명해질 수가 있다." 선생이 이에 한숨 쉬며
탄식하고는 말했다. "이른바 배움이란 것은 자기를
이기는 공부가 아니겠는가?" 이로부터 뜻을
한결같이 하여 하학(下學)에 힘썼으니 이것이 그
징험이다. 뜻이 있는 자라면 먼저 『곡례(曲禮)』를

가지고 조목에 따라 자신을 규제한 뒤에 차차
성현의 글을 읽어 『주역』에 이르는 것이 마땅하다.
우연히 이를 적어 내 마음이 들떠 뽐내거나
기이함을 좋아하는 것을 경계코자 한다.

"선생님, 답답합니다. 어째서 노력해도 되지 않을까요?"
"안 되는 것이 당연하다. 먼저 마음속에 든 욕심부터 걷어
내야지. 그다음에 순수하게 배움에 힘쓰라. 노력이 문제가
아니라 차례가 문제인 게지."
"그렇군요. 아래로부터 차근차근 밟아서 올라가겠습니다.
세상을 알기 전에 제 몸가짐 공부부터 다시 시작하겠습니다."
호헌의 공부는 이렇게 새로 시작되었다. 나도 그렇게 하겠다.
하늘만 올려다보던 눈길을 거둬 발밑부터 살피겠다.

胡籍溪學易於涪陵處士譙公天授, 久未有得.
天授曰: "是固當然. 蓋心爲物漬, 故不能有見.
惟學乃可明耳." 先生於是喟然嘆曰: "所謂學者,
非克己工夫也耶." 自是一意下學, 此其驗也.
有志者, 先以曲禮, 逐條律己. 然後次次讀聖賢書,
以至于易可也. 偶然書此, 以戒吾心之浮誇好奇.

27

말과 행동

사군자는 말은 비록 부족해도 행실은 마땅히
남음이 있어야 바야흐로 훌륭하다.
만약 말뿐이라면 입만 번드레했지
마음은 그렇지가 못해, 마치 모란이 꽃만 예쁘고
열매가 없는 것과 같게 되므로 안목 있는 사람이
유감으로 여긴다.

말보다 행동이 앞서야 군자다. 말만 번드레하고 행동이
따라오지 않으면 선비가 아니다.

모란은 꽃은 장하지만 열매가 없다. 꽃을 피웠거든 열매를 맺는
것이 바른 차례다. 열매가 달리지 않는 예쁜 꽃은 내실은 없이
겉 꾸미기에만 힘쓰는 학구(學究)와 같다. 말의 성찬에 빠지지
말고 무실역행(務實力行)해야 선비의 값이 있다.

士君子言雖不足, 行當有餘, 方好. 若言而已,
則口然心不然, 如牡丹之好花無實, 識者恨之.

명목(名目)의 변화

명목(名目)은 습속에 따라 변한다. 옛날에
고양씨(高陽氏)에게는 재자(才子) 여덟 사람이
있었으니, 재자라는 명목이 어찌 쉬운
것이겠는가? 수당(隋唐) 시절에는 시에 능한
자를 도리어 재자로 일컬었다. 『장자(莊子)』
「도척(盜跖)」편에는 공자가 유하계(柳下季)에게
"선생은 지금의 재사(才士)"라고 한 말이 나온다.
옛날의 재사 또한 세속에서 과거 시험장을
들락거리는 재사와는 달랐다. 진(晉)나라
왕효백(王孝伯)은 "술을 실컷 마시고 「이소(離騷)」를

숙독한다면 명사(名士)로 일컬을 만하다."라고
했는데, 이 또한 임금을 가까이서 모신 직책을
거친 이에게만 명사라고 일컬은 것과는 다르다.
장자(長者)란 호칭 또한 쉽지가 않다. 오늘날
시골에서는 곡식을 많이 쌓아 두면 도리어 장자로
일컫곤 한다.

명칭의 쓰임새를 보면 그 시대가 보인다. 『사기』
「오제본기(五帝本紀)」에는 "옛날에 고양씨에게는 재자가 여덟
명이 있었는데, 세상이 이 이로움을 얻었다.(昔高陽氏有才子八人,
世得其利.)"라고 했다. 재자는 세상을 이롭게 하는 인물을
일컫는 무거운 이름이었다. 수당 시대에 오면 재자는 시 잘
쓰는 사람의 명칭으로 변했다. 『장자』에서 말한 '재사(才士)'는
묵직한 말이었는데, 나중에는 과거 시험장에 들락거리는
명리의 선비를 일컫는 말로 표현이 변했다. 「이소」의 명사는 말
그대로 명사였는데, 이 또한 후대에는 임금을 가까이서 모신
신하에게만 붙일 수 있는 명리의 이름이 되었다. 장자(長者)를
부자와 같은 개념으로 쓰는 것 같은 따위는 더 말하고 싶지도
않다. 시 잘 쓰고 벼슬 높고 돈 많은 사람을 재자(才子)나
재사(才士)라 하고, 명사(名士)와 장자(長者)로 예우한다.

名目隨習俗而變. 高陽氏有才子八人, 才子之目,
豈容易哉. 隋唐之間, 能詩者反稱才子.
莊子盜跖篇曰: "孔子謂柳下季曰:
'先生今之才士也.' 云." 古之才士,
亦異於俗之塲屋才士也. 晉王孝伯曰:
"痛飲酒, 熟讀離騷, 便可稱名士."
亦異乎經侍從獨稱名士也. 長者之稱, 亦不草草.
今之鄉谷, 多積穀, 反稱之.

29

큰 선비의 값

내가 또 아무 고을에 사는 아무개를 만나 물었다.
"그대의 고장에는 어떤 선비가 있습니까?"
그가 대답했다. "큰 선비 몇 사람이 있습니다."
나도 몰래 솔깃해져서 급하게 물었다. "이름은
어떻게 되고, 학업의 조예는 어떠한가요?" 그가
대답했다. "아무개와 아무개이지요. 모두들
시부(詩賦)와 표책(表策)에 능해 과거 시험장에서
쓰는 글에 아무 어려움이 없습니다." 내가 또 나도
몰래 크게 웃으며 말했다. "훌륭한 선비로군요."
아무개가 가고 난 뒤 탄식하며 말했다. "정호(程顥),

장재(張載), 주희(朱熹), 여조겸(呂祖謙) 같은 이가
아니고는 큰 선비란 명목을 감당하기에 부족한데,
오늘날 이 이름은 도리어 어지러이 명예를 좇는
과거 수험생에게 돌아가고 말았구나."

"그대의 고장에도 큰 선비가 있습니까?" "있다마다요. 훌륭한
분들이 여럿 계시지요." "어떤 분들이신지요?" "다 꼽기
어렵지만 굳이 말씀하라시면 누구누구가 있습니다. 모두들
글에 능해서 어떤 시제를 내놓더라도 그 자리에서 막힘없이
술술 써 낼 수 있지요. 모두들 혀를 내두르곤 합니다. 틀림없이
머잖아 과거 합격자 명단에 이름을 올릴 분들입니다. 저희
고장의 자랑이지요." "훌륭한 큰 선비가 분명하군요. 기대가
됩니다."

余又逢某鄕某, 問: "貴鄕有何儒者乎?"
對曰: "有大儒數三人." 不覺聳動, 急問曰:
"姓名爲誰, 學業之造詣, 如何?" 對曰:
"某某也. 皆能詩賦表策, 場屋之文無難."云.
余又不覺嘔噦曰: "大哉儒也." 某去後, 嘆曰:
"非如程張朱呂者, 不足以當大儒之目. 今此名,
反歸於紛紛殉名之擧子乎?"

30

왕안석에 대한 평가

세상에서 왕안석(王安石)에 대한 의논이
어지럽지만 여태 적확한 논의를 얻지는 못했다.
주자가 말했다. "그 사람됨이 비록 맑고
개결하나 그릇이 본시 편협했다. 뜻은 비록
높고 아득했지만 학문은 실로 범속했다. 그의
논설은 대부분 그저 견문을 가지고 억탁한 것에
가까울 뿐이다. 그런데도 스스로 고족(高足)으로
여겨 자신을 성인(聖人)으로 보면서도, 다시금
격물치지(格物致知)와 극기복례(克己復禮)로 일을
삼아 그 지극하지 못한 점을 힘써 구해 능하지

못한 부분을 보탤 줄은 알지 못했다. 이 때문에
천하의 일에 있어 번번이 조급하고 경솔하게
제멋대로 처리하는 바람에 앞쪽에서 잃었고,
또 어지럽고 괴팍하게 사사로운 뜻을 따르다가
뒤쪽에서 실패했다." 이제 이 의논을 보니
왕안석의 평생이 환하게 보인다. 소순(蘇洵)의
「변간론(辨奸論)」 같은 글은 한갓 독기를 머금고
사사로움을 따른 글이어서 공정한 논의가 아니다.

역대로 왕안석의 변법(變法)을 두고 말들이 참 많았다. 시대를
앞서간 개혁이라는 평가와, 사사로운 마음에
과도한 의욕을 부린 것이라는 비판이 늘 엇갈렸다.
그의 문장과 인간에 대해서도 명암이 너무 분명해서 종잡을
수가 없다. 그 가운데 가장 공명정대한 것은 주자의 글이고,
개인적 감정에 치우친 글은 소순의 글이다. 사람이 아무리
맑고 개결해도 그릇이 작으면 큰일을 못한다. 뜻이 고상해도
학문이 부족하면 힘이 달린다. 격물치지와 극기복례의 바탕
공부로 끊임없이 자신의 부족함을 채워 나가는 사람이라야지,
작은 성취에 제가 무슨 성인이라도 된 양 행세해서는 세상을
위한 큰일에 나설 수가 없다. 주자의 글은 이 점을 명확하게
지적했다. 하지만 소순은 왕안석에 대한 악담만 했다. 일시의
통쾌함이야 있겠지만 그릇의 차이가 확연하다.

世之論王介甫者, 紛然矣, 未得的論.

朱子曰: "其爲人質雖淸介, 而器本偏狹.

志雖高遠, 而學實凡近. 其所論說,

蓋特見聞臆度之近似耳. 顧乃挾以爲高足己自聖,

不復知以格物致知克己復禮爲事, 而勉求其所未至,

以增益其所不能. 是以其於天下之事,

每以躁率任意, 而失之於前, 又以狼愎徇私,

而敗之於後云云. 今見此論, 介甫之平生昭然矣.

如老蘇辨奸論, 徒含毒徇私, 非公論爾.

31

내
생
각

차라리 공자의 문하에서 시중드는 동자가 되어
스승을 모신 자리 아래에서 비를 들고 있을망정,
불가의 조사(祖師)가 되어 포단(蒲團) 위에서
가부좌를 틀고 앉아 있는 것은 부끄럽다.
군자에게 묻는다. 내 생각이 어떠한가?

법상(法床) 위에 가부좌를 틀고 앉아 깨달음을 말하고 부처님의 뜻을 거침없이 설파한다. 그 사자후(獅子吼)에 대중은 연신 고개를 조아려 큰절을 올린다. 통쾌하고 거침이 없다. 그러나 나는 그렇게 하라고 해도 할 수가 없다. 내가 우선 부족한데 어찌 남에게 이래라저래라 하며, 내가 깨닫지 못했는데 어찌 남에게 깨달음을 말하겠는가? 나는 차라리 큰 스승의 강석(講席) 말단의 자리에 끼어 마당 청소를 하고 곁에서 시중을 들면서 그 일거수일투족을 내 공부로 삼는 학구(學究)가 되겠다.

寧爲孔門之侍童, 擁篲於丈席之下,
恥作釋家之祖師, 加趺於蒲團之上. 爲問君子,
鄙見如何?

32

겸양과 뽐냄

겸양은 과긍(誇矜), 즉 뽐내고 으스대는 것과
하늘과 땅만큼의 차이가 있다. 겸양하는 사람은
매번 부족함을 탄식하면서 넉넉한 데로 나아간다.
으스대는 자는 번번이 넉넉함을 기뻐하다가
부족한 데로 물러나 앉는다. 하지만 지나친 겸양과
과도한 뽐냄은 모두 말류의 폐단이 있다. 겸양의
폐단은 더디고 작다. 하지만 으스댐의 폐단은
신속하고도 크다.

겸손도 너무 지나치면 폐단이 된다. 뽐냄이야 말할 것도 없다.
겸양은 자신을 끊임없이 낮추면서 점차 나아진다. 뽐냄은
자신을 높이려다 결국은 낮아진다. 하지만 무엇이든 지나친
것은 좋지 않다. 지나친 겸손은 교만으로 비친다. 과도한 교만은
겸손에서 더 멀어지게 만든다. 둘 다 문제지만 교만의 문제가
더 빠르고, 결과는 더 심각하다.

謙讓之於誇矜, 隔絶如霄壤. 謙讓者,
每每歉不足而進於有餘. 誇矜者,
每每喜有餘而退於不足. 然大謙讓大誇矜,
皆有末流之弊. 謙讓之弊遲而小, 誇矜之弊速而大.

33

옛것과 새것

세속을 벗어난 선비는 일마다 옛것을 지키려
든다. 세속의 사람은 모든 일에 지금을 따르려
한다. 이 둘이 부딪쳐 성을 내면 중도를 얻기가
어렵다. 절로 옛것을 참작하고 지금을 헤아리는
좋은 방법이 있게 마련이니, 사군자가 중정(中正)의
학문을 함에 무슨 해가 되겠는가?
옛날에 엉금엉금 기어서 남의 집에 문상을 간
사람이 있었다. 또 들으니 얼마 전 한 선비가 몸을
닦아 옛것을 좋아했다. 그는 삿갓이 우리나라의
습속이라 쓸 수가 없다고 생각해서 버들 껍질을

꼬아서 관을 만들어 쓰고는 길에 나섰다가
사람들이 해괴하게 여겨 비웃음을 당하였다.
옛것을 따르는 폐단도 진실로 이미 괴이한데,
지금을 따르는 폐단이야 이루 다 말할 수
있겠는가.

옛것을 따를까, 지금을 좇을까? 옛것을 따르자니 고리타분해
보이고, 지금 것을 좇자니 낯설어 해괴하다. 옛날만 옳고
지금이 그르다거나, 지금이 옳으니 옛날을 버려야 한다는
주장은 위험하다. 작고양금(酌古量今), 즉 옛것을 참작하고 지금
것을 잘 헤아려서 그 사이에서 중정의 도리를 찾는 것이 맞다.
오래되었다고 다 옛것이 아니다. 낯선 것과 새로운 것은 엄연히
다르다. 이 둘을 혼동하면 해괴망칙한 짓을 하면서 새롭다고
우기고, 낡아 쓸모없게 된 것을 지켜야 할 옛날로 고집부리게
된다. 옛것만으로도 안 되고 새것만으로도 안 된다. 이 둘의
조화와 균형 속에 문화의 힘이 자란다.

脫累之士, 事事欲遵古. 流俗之人, 事事欲從今.
互相激憤, 難得適中. 自有酌古量今底好道理,
何害士君子中正之學也. 古有匍匐吊喪之人,
又聞頃世某士, 修身好古, 以笠爲東俗, 不堪著,
乃卷柳皮爲冠, 行于道, 爲人駭笑. 遵古之弊,
固已怪也, 從今之弊, 可勝言哉.

세
정
석
담

34

호
기
심

소동파(蘇東坡)의 『구지필기(仇池筆記)』에 저승의
일을 많이 기록해 두었으므로 사람들이 자못 그
주장에 현혹되곤 한다. 어찌 이다지도 호기심이
심하단 말인가? 비록 붓대를 놀려서 듣고 본 것을
기록한 것이라 해도, 마땅히 하나하나 변론하여
깨뜨리는 것이 옳다.

소동파는 호기심이 많은 사람이었다. 세상에 떠도는 저승
이야기를 다 모아서 『구지필기』란 책을 엮기까지 했다. 그의
권위에 힘입어 허망한 저승 이야기가 마치 사실인 것처럼
세상에 떠돌아다닌다. 아무리 그렇기로서니 덮어놓고 옮겨
적는 것이 말이 되는가? 하나하나 따져서 살펴보았어야 했다.
자신은 심심해서 그저 엮어 묶은 것이지만 이것이 후대에
영향을 미친다면 그 책임을 어찌할 것인가? 군자의 붓끝은
무겁고 진중하지 않으면 안 된다.

東坡仇池筆記, 多錄冥間事, 頗惑其說.
何其好奇之甚也. 雖弄筆硏錄見聞,
當隨而辨破可也.

35

허황한 저승담

게다가 저승의 일은 만일 자신이 직접 죽었다가
되살아났다면 사실인지 거짓인지를 분명히 알 수
있을 것이다. 예전에 죽었다가 다시 살아났다는
사람을 만나 죽었을 당시의 일을 물어보자.
흰 개와 파를 삶는 가마솥이 있더란 얘기를
해서 지극히 황당하였다. 그런데도 어리석은
백성들이 몰려들어 동전을 던지면서 그 이야기를
듣고 있었다. 내가 곁에 있다가 웃으며 말했다.
"죽었다가 되살아난 사람은 천 명 만 명 중에 한
사람일 뿐이다. 그런데 감히 제멋대로 현란하게

홀로 겪은 일을 망령되이 믿어서 대중의 귀를
현혹해서야 되겠는가? 불씨는 애증(愛憎)으로
어리석은 남녀를 우롱하고 술법으로 생사를
가탁하여 온 세상을 현혹시킨다. 있다 해도 또한
이제 막 죽은 자에게 실낱같은 한 기운이 남았을 때
풍사(風邪)의 나쁜 기운에 희롱당해 한차례
악몽(噩夢)을 꾼 것일 뿐이다. 어찌 참으로 천당과
지옥이 있겠는가?

죽었다 살아 돌아온 이야기는 지금도 이따금 듣는 얘기다.
당시에는 이것을 무슨 공연 레퍼토리처럼 거리에 나와
얘기하는 사람까지 있었던 모양이다. 알 수 없는 사후 세계에
대한 호기심과 두려움에 일찍이 겪어 보지 못한 경험을
공유하고 싶었던 것이겠지. 불교에서 말하는 천당과 지옥의
이야기가 인과와 업보에 따른 윤회의 믿음과 맞물려 계속 이런
얘기들이 만들어져 유포된다. 천당 지옥은 없다. 그것은 헛된
마음이 지어낸 가위 눌린 꿈 이야기일 뿐이다.

且冥間事, 設使自吾身親死而甦,
則可的知其虛實也. 昔者, 逢更生之人,
問其死時事, 白犬葱釜之說, 極其荒詭. 愚氓輻湊,
投錢以聽. 余從旁笑曰: "死而甦者, 千萬一人也.
迺敢恣意眩亂, 妄恃其獨行之事, 以惑衆耳可乎?
佛氏或以愛憎, 幻弄愚夫愚婦, 托術生死,
眩惑一世. 則有之, 亦有新死者, 一氣如絲,
爲風邪挾弄, 作一噩夢焉. 豈眞有天堂地獄哉.

36

허물과 재앙

사람의 허물은 언제나 자기가 옳다고 여기는
지점에서 더하여진다. 사람의 재앙은 늘상 남을
업신여기는 곳으로부터 생겨난다. 스스로 옳다
여기면 남을 업신여기게 되고, 남을 업신여기니
자기만 옳다고 하게 된다. 이것이 시종 맞물려
온통 치우친 데로 돌아간다. 이 때문에 군자는
살피고 삼가서 중도(中道)를 얻음을 귀하게 여긴다.

자기만 옳다고 하니 남을 업신여긴다. 여기서 허물이 생긴다.
남을 업신여기는 사이에 재앙을 부른다. 자기만 옳다는 독선과
남을 업신여기는 교만은 서로 맞물려 있다. 자기를 낮추고
상대를 존중하는 마음이 허물을 멀리하고 재앙을 막아 준다.
어떻게 해야 할까? 평소에 자신의 언행을 살피고 삼가서 어느
한편에 치우침 없는 득중(得中)의 균형을 잡을 수 있도록 해야
한다.

人之過, 常從自是處加. 人之禍, 常從蔑人處生.
自是則蔑人, 蔑人則自是. 互相終始, 都歸於偏.
是故君子貴審愼得中.

37

사귐의 도리

사람에게 사귐의 도리는 몹시 중요하다. 그런데
처음 사귈 때는 걸핏하면 지기(知己)라 하더니,
사귐이 조금만 성글어지면 툭 하면 절교를
말한다. 어찌 이다지도 경박하고 조급하단 말인가.
나는 이 점을 언제나 두려워한다.

한번 만나 배짱이 맞다고 지기(知己)라 하고, 늦게 만난
것을 탄식하며 호들갑을 떨다가 조금만 수틀리면 대번에
절교(絶交)하겠다고 떠든다. 앞서 알아준 것은 무엇이고,
애초에 맺은 것이 없는데 끊겠다는 것은 또 무엇인가? 세상이
경박해질수록 우정의 언어가 가벼워진다. 쉽게 만나 쉽게
헤어지는 만남 말고, 오랜 시간 조금씩 가꾸어 가는 우정을
쌓자.

人之交道甚重. 而初交之時, 動必曰知己,
交少踈則動必曰絶交. 何其輕躁之甚也.
余於此常惕惕.

순리

"굽히고 펴고 가고 오며, 차고 비고 없어졌다가
생겨나는 것은 하늘의 도리이니, 순응할 뿐이다.
치란흥망(治亂興亡)과 선악길흉(善惡吉凶)은 인간의
작위여서 닦고 닦을 뿐이다." 이 말은 일찍이
정부(正夫) 이형상(李亨祥)에게서 들었다. 옛사람이
말했다. "이치대로 행하여 지녀서 가니, 하늘
따라 나누어 부쳐 온다." 이 또한 정부와 나눈
말과 암암리에 합치된다. 하늘과 땅 사이의 온갖
일은 이러한 말에 지나지 않는다.

하늘의 도리는 일정치가 않아, 굽히고 펴며, 가고 오고, 찼다가 비고, 없어졌다가 생겨나기도 한다. 그저 따르면 된다. 인간의 치란흥망과 선악이나 길흉 따위는 사람이 의지에 따라 작위하는 것이니, 노력해야 한다. 해야 할 노력은 안 하고, 따르면 될 천도를 의심하고 원망하니 세상이 시끄러워진다. 순리대로 살면 하늘은 저 하는 데 따라 내려 준다. 단순하고 명료하지 않은가?

"屈伸往復, 盈虛消長, 天之道也, 順之而已.
治亂興亡, 善惡吉凶, 人之爲也, 修之而已."
此言吾嘗聞諸正夫. 古人曰: "順理行將去,
隨天分付來." 此亦與正夫言暗合. 天地間萬事,
莫過乎此等語.

39

통달의 의미

아! 나는 이제껏 세속에서 말하는 통달한 자의
통달했다는 말의 의미를 이해하지 못하겠다.
사람이 비록 나이 일흔을 얻어 누린다 해도,
허다한 세월을 보낸 것은 바둑판 위거나
술잔 사이에서다. 여색이나 서화, 과거 시험과
영달의 길, 그도 아니면 낮잠과 패설 나부랭이
사이에서다. 그 사이에 또 질병과 우환이 있고 보면
어느 겨를에 내 몸의 본분의 일을 닦았겠는가?
질병과 우환은 하늘의 일이라 어찌해 볼 수가
없다. 이 밖의 일은 자신의 뜻에 달렸다. 하늘과 땅

사이에 한 마리 좀벌레라는 말이 어찌 부끄럽지 않단 말인가? 그런데 어찌하여 이러한 자를 도리어 통달한 사람이라고 하는가? 통달 통달 하는데 내가 그 말의 의미를 알지 못하겠다.

나이 일흔이 넘고, 인생에 큰 굴곡 없이 살고 나면 사람들은 그를 달자(達者), 즉 통달한 사람이라고 존경한다. 막상 따지고 보면 바둑 두고 술 마시고, 여색과 서화를 욕심내고, 과거 시험장과 벼슬길에서 남을 이기려고 애쓰며, 그 나머지 시간에는 낮잠이나 자고 소설이나 읽으면서 보낸 시간이 대부분인 사람들이다. 그 사이에 아파 누웠던 시간, 이런저런 근심으로 마음을 가누지 못했던 시간을 제하고 나면, 그는 그럭저럭 살았던 사람이지 통달한 사람이랄 수가 없다. 예전 정이천(程伊川)은 "무위도식하는 자는 하늘과 땅 사이의 한 마리 좀벌레다."라고 했다. 나는 차라리 그를 좀벌레라고 부르고 싶다. 그저 무난하게 시류 따라 얹혀산 사람에게 통달이란 말은 가당치 않다.

嗟呼! 余至今未曉世俗所謂達者之爲達者.
人雖享得稀年, 送了許多光陰者, 博局上也,
酒盃裏也. 女色也, 書畵也, 科塲也, 榮途也,
晝睡也, 稗說也. 其間又有疾病憂患,
何暇修吾身本分事乎? 疾病憂患, 天也, 無如之何.
以外事在自家任意. 天地間一蠧之語, 豈不愧乎?
何乃以此, 反以爲達? 達哉達哉! 吾未知其達哉.

세
정석
담

40

심한 일

『선창야화(船窓夜話)』에서 말했다. "시서(詩書)로
배를 불리지 않으면 굶주리는 것보다 심하다.
눈으로 선배를 접하지 않는 것을 소경이라고 한다.
몸이 소문과 이익을 멀리하지 않으면 함정에 빠진
것보다 심하다. 뼈가 속된 기운을 벗어나지 못하면
고질보다 심하다." 내가 이를 이어 말한다. "입으로
도학을 말하지 않는다면 벙어리보다 심하고, 발이
천석(泉石)을 딛지 않는다면 절름발이보다 심하다.
마음이 정직함을 기뻐하지 않으면 귀신보다 심하고,
뜻을 산림에 두지 않으면 천한 하인배보다 심하다."

책 읽어 배부른 것을 모른다면 그저 굶어라. 앞이 안 보이는
소경보다 선배의 학문을 모르는 소경이 더 무섭다. 명성과
이익을 가까이 하느니 차라리 함정에 자청해서 들어가라.
속된 인간은 약이 없다. 차라리 고질병이 든 인간을 택하겠다.
도학을 모르는 인간은 벙어리와 진배없다. 자연을 느끼지
못하는 인간은 절름발이 불구자다. 정직하지 않으면 귀신이나
다름없고, 산림에 뜻이 없다면 하인배가 되는 것이 낫다.

船窓夜話云: "腹不飽詩書, 甚於餒. 目不接前輩,
謂之瞽. 身不遠聲利, 甚於窄. 骨不脫俗氣,
甚於痼." 余續之日: "口不言道學, 甚於啞.
脚不踏泉石, 甚於跛. 心不喜正直, 甚於鬼.
志不在山林, 甚於廝."

41

일의 핵심

양경중(楊敬仲)이 말했다. "벼슬살이는 외롭고
빈한한 것을 몸의 편안함으로 삼는다. 독서는
굶주림으로 도에 나아감을 삼는다. 집에서는
일이 없는 것을 평안함으로 여긴다. 붕우는 서로
만나는 것을 소원하게 함을 오래가는 요점으로
삼는다."

내가 이어서 말한다. "사람을 대하는 것은
온후(溫厚)함으로 요법을 삼고, 아내를 다스림은
간결하고 말수 적은 것으로 공부를 삼는다.
작문은 상세하고 자세한 것을 의장(意匠)으로 삼고,

병 조섭은 강제로 함을 약석(藥石)으로 삼는다."

내 한 몸 외롭고 고생스러운 것이 벼슬살이를 편히 하는
방법이다. 반대로 하면 위태롭다. 독서는 배고픔을 견뎌 내면서
몰두할 때만이 진전이 있다. 집안에 일이 없으면 그것이 평안한
것이려니 알면 된다. 찰싹 달라붙어 있다가 금세 서로 헐뜯는
사이보다는 데면데면하면서도 오래가는 우정을 쌓아라.
남에게는 따뜻하고 두텁게 대하고, 아내에게는 무겁고 말수
적어야 위엄이 선다. 작문은 꼼꼼해야 틀이 잡히고, 병 조섭은
강제성이 있어야 효험이 있다. 사람들은 자꾸만 반대로 한다.

楊敬仲云: "仕宦以孤寒爲安身,
讀書以飢餓爲進道. 居家以無事爲平安,
朋友以相見踈爲久要." 余續之曰:
"對人以溫厚爲要法, 御妻以簡默爲工夫.
作文以詳悉爲意匠, 調病以强作爲藥石."

42

글과 학문

글이란 학문에 비하면 말단이요 바깥의 일이다.
이 때문에 고금의 문인 중에 부박하고 방자한
이가 많았다. 글 중에는 시를 잘하는 사람이
더욱 심하고, 시 중에는 과시(科詩)를 잘하는 자가
말단 중의 말단이요, 바깥에서도 또 바깥이다.
비록 굳이 이를 하려 애쓸 수는 있지만 또한 좋은
방법으로 참작해 가늠함이 있어야지, 남아의 평생
사업이 온통 여기에 있다고 여겨서 전도(顚倒)되고
미쳐 날뛰어 마음가짐을 온통 무너뜨려서는 안
된다.

글 잘 쓴다고 학문이 높은 것은 아니다. 학문은 우리가 평생 마음을 쏟아야 하는 큰 사업이다. 문장은 한때의 지나가는 뜬 이름이다. 세상을 살아가는 데 있어 글공부도 필요하니 등한히 할 수야 없겠지만 여기에 목숨을 걸고 이것만을 위해 인생의 목표를 삼아서는 안 된다. 자칫 사람이 경박해지고 눈에 뵈는 게 없어져 남의 손가락질을 받기 쉽다. 공부의 바탕 위에서 글이 빛나야지, 재주로 반짝하는 글은 오래갈 수가 없다.

文者比諸學則末也外也. 是以今古文人,
例多浮薄放肆. 文之中, 善詩之人尤甚,
詩之中, 善科詩者, 尤末之末, 外之外.
雖可勉強爲之, 而亦有好道理酌量處,
不可以爲男兒平生事業盡在斯, 顚倒猖狂,
壞盡心術也.

43

다
변

비록 좋은 말도 너무 많으면 사람을 싫증나게
해서 망령되게 된다. 하물며 좋지 않은 말을 너무
많이 함이랴? 작게는 업신여김을 받고, 크게는
손해를 보게 된다.

말이 많아 좋을 일이 없다. 좋은 말도 늘어지면 질리는데, 당치도 않은 말을 길게 늘어놓으면 수모를 자초하거나 손해 볼 일밖에 없다. 말수를 줄이면 무게가 깃들어 남이 함부로 하지 못한다. 말수를 줄여라.

雖善言, 多則令人厭, 流於妄. 況不善之言多乎?
小則受侮, 大則見害.

3부 적언찬 適言讚

쾌적한 인생을 위한

단계

적언찬 병서(適言讚幷序)

사물은 참됨으로 이루고, 일은 진실하게 행해야
한다. 그래서 식진(植眞), 즉 참됨을 심는 것이
먼저다. 참됨을 심었어도 운명을 살피지 않는다면
정체되고 만다. 이 다음은 관명(觀命)이니, 운명을
살펴야 한다. 운명을 살핀다 해도 뒤섞여 잡다한
데서 문제가 생기면 방탕에 빠지고 만다. 따라서
그다음은 병효(病殽)이니 뒤섞여 어지러움을
경계함이다. 어지러움을 경계로 삼더라도
남의 헐뜯음에서 벗어나지 못한다면 다치고
만다. 그래서 둔훼(遯毀), 곧 비방을 멀리함이

그다음이다. 비방을 멀리한다지만, 정신이 기쁘지
않다면 메말라 무미건조해진다. 이 때문에
이령(怡靈), 즉 정신을 기쁘게 함이 그다음이다.
정신이 기쁘다 해도 진부함을 덜어 내지 않으면
외톨이가 된다. 그래서 그다음은 누진(耨陳), 즉
진부함을 덜어 냄이다. 진부함을 없앴다 하나
벗과의 교유를 간추리지 않으면 제멋대로가
된다. 그래서 간유(簡遊), 곧 교유를 간추림이
그다음이다. 기운이 온 세상에 모인지라 사물도
있고 일도 있게 되니 장난과 비슷함이 있다.
이 때문에 마지막은 희환(戲寰), 즉 세상을
희롱함으로 삼는다. 이를 총괄하여 『적언(適言)』이라고
이름을 붙였으니, 삼소자(三疎子) 윤가기(尹可基)의
책이다.
적(適)은 즐겁고 편안하다는 뜻이니, 내 삶을
즐기고, 내 분수에 편안하다는 의미다.
또 적언(適言)은 꼭 맞다는 의미이니, 꼭 맞게
말하여서 작위적으로 애쓰지 않음을 말한다.
삼소자는 그 용모를 간직함이 늘 똑같이
온화하고, 그 뜻을 간직함은 실로 미묘하고도
내밀하다. 대개 조심스레 지키고 여유롭게 행하는
사람이다. 내가 그를 훌륭하게 여겨 여덟 가지
찬(讚)을 짓는다.

이덕무가 20대 초반에 쓴 글이다. 1775년경 윤광심(尹光心, 1751~1817)이 펴낸 『병세집』에 수록되었으니, 스무세 살 되기 전에 쓴 글이다. 어찌 된 셈인지 이덕무의 『청장관전서(靑莊館全書)』에는 빠지고 없다. 글을 써 준 윤가기가 1801년에 역률(逆律)에 걸려 죽었기 때문인 듯하다.

젊은 날 가깝게 지냈던 벗 윤가기가 『적언(適言)』이란 제목의 책을 썼던 모양이다. 현재 남아 있지 않은 이 책은 인생을 쾌적하게 건너가기 위해 거쳐야만 할 단계를 모두 여덟 가지로 정리하여, 단계별로 새겨야 할 말을 정리한 내용인 듯하다. 이덕무는 이 『적언』이란 책의 여덟 장절에 얹어 각각 4언 16구로 시를 지어 벗의 책에 대한 찬사로 선물했다. 젊은 날 이덕무의 반짝이는 감각과 개성, 그리고 그가 꿈꾼 인생 설계가 보석처럼 빛난다.

서문에서 소개한 여덟 단계는 이렇다. 첫째는 식진(植眞)이다. 참됨을 심는다는 뜻이다. 참됨을 내 안에 깃들이는 것이 출발점이다. 무슨 일이든 참됨 없이는 안 된다. 둘째는 관명(觀命)이다. 자신의 운명을 잘 살펴, 나아갈 자리인지 나아가서는 안 될 자리인지를 가릴 수 있어야 한다. 저 좋다고 나대면 불행을 자초한다. 셋째는 병효(病殽)다. 효(殽)는 뒤섞여 어지러운 상태를 일컫는다. 병효란 뒤섞여 어지러운 것을 병통으로 알아, 여기서 벗어나도록 경계해야 한다는 말이다. 자리를 잘 가려도 관심이 너무 잡다하면 고삐 풀린 망아지처럼 제멋대로 나대는 사이에 방탕에 흐르고 만다. 넷째는 둔훼(遁毀)다. 비방을 멀리하라는 뜻이다. 진실되고 간명해도 시샘으로 인한 남의 비방과 만나면 소용이 없다. 몸가짐을 거듭 단속하지 않으면 안 된다.

다섯째는 이령(怡靈)이다. 정신의 기쁨을 추구하라는 의미다. 그렇지 않으면 쾌적한 삶은커녕 생기를 잃은 무미건조함만 남는다. 해서 기쁘지 않은데, 어떻게 인생이 쾌적해질 수 있겠는가? 여섯째는 누진(耨陳)이다. 진부함을 덜어 내라는 뜻이다. 반짝반짝 빛나는 새로움 없이는 기쁨도 오래가지 않는다. 날마다 새로워지고, 순간이 경이로 가득 찬 삶이라야 쾌적하다. 일곱째는 간유(簡遊)다. 벗과의 사귐을 신중히 하라는 말이다. 혼자 건너가는 세상은 너무 막막하지 않은가? 독불장군이 되지 않으려면 곁에서 나를 세워 주고 바로잡아 줄 벗이 필요하다. 어찌 아무나 사귈 수 있겠는가? 마지막 여덟째는 희환(戲寰)이다. 세상을 희롱한다 함은 세상을 우습게 본다는 뜻이 아니고 얼마간의 유희 정신이 필요하다는 의미에 가깝다.

내가 책임지고 건너가야 할 단 한번뿐인 인생이다. 너무 진지해도 안 되고, 곧이곧대로 직진만 하는 것도 능사는 아니다. 조금 떨어져서 바라보고, 비켜서서 즐기는 관조적 태도가 필요하다.

식진(植眞)-관명(觀命)-병효(病殽)-둔훼(遁毀)-이령(怡靈)- 누진(耨陳)-간유(簡遊)-희환(戲寰), 이 여덟 단계는 서로 사슬처럼 맞물려 있다. 진실을 심되, 운명을 살피고, 잡다함을 멀리하여,

비방을 피한다. 정신을 늘 기쁜 상태로 유지하면서, 진부함을
배제하고, 벗 사귐을 잘 살펴, 주인공으로 웃으며 세상을
건너갈 때 인생의 쾌적함이 내 안에 비로소 깃든다.

物以眞成, 事以眞行, 故先之以植眞. 眞旣植矣,
而命不觀焉, 斯滯矣, 故次之以觀命. 命旣觀矣,
而殻不病焉, 斯宕矣, 故次之以病殻. 殻旣病矣,
而毁不遯焉, 斯戕矣, 故次之以遯毁. 毁旣遯矣,
而靈不怡焉, 斯枯矣, 故次之以怡靈. 靈旣怡矣,
而陳不耨焉, 斯孤矣, 故次之以耨陳. 陳旣耨矣,
而遊不簡焉, 而斯橫矣, 故次之以簡遊.
氣聚於寰, 有物有事, 有似乎戲, 故終之以戲寰,
總而名之曰適言, 三疎子之書也.
適者, 樂也, 安也, 樂吾之生, 安吾之分也.
又適言, 適然也. 適然而言, 非勉強也.
三疎子, 其持貌也若和同, 其攝志也實微密,
盖守瞿瞿而遊于于者也. 余廼嘉之, 著八讚.

讚之一 植眞

참됨을 심자

초록빛 짙은 눈알　　　　　　石綠嵌睛
노란색 날개 달고,　　　　　　乳金暈翅
희고 붉은 꽃 빨면서　　　　　哎銀硃萼
더듬이가 나풀댄다.　　　　　拳鬚旖旎
약은 날개 몰래 보며　　　　　黠羽潛睨
꼬마 오래 기다리다,　　　　　慧孺久企
잡으려니 문득 없어　　　　　瞥撲欻捎
산 것 아냐 그림 나비.　　　　匪活伊紙
진짜 같고 꼭 닮아도　　　　　逼眞酷肖
제2의(第二義)가 되고 마네.　　俱步第二

핍진하고 꼭 닮아도	且諦逼酷
나온 곳을 잘 살펴야.	緣那以起
본바탕을 먼저 봐야	本素先覰
가짜에 속지 아니하니.	罔以贋枳
세상 온갖 만물 볼 때	種種萬品
나비 비유 따를진저.	準玆蝴譬

식진(植眞), 즉 '참됨을 심자'에 해당하는 설명이다. 4언 16구로 구성했다. 참됨을 내 안에 깃들이려면 어찌해야 할까? 무엇보다 가짜에 현혹되지 말아야 한다. 세상엔 그럴듯한 가짜, 진짜보다 더 진짜 같은 가짜가 도처에 널려 있다. 여기에 자칫 한눈을 팔다 보면 한순간에 비슷한 가짜, 즉 사이비가 되고 만다. 진짜와 가짜를 구별하는 안목을 먼저 세워라. 이 첫 단추가 잘못되면 그다음을 돌이킬 수가 없다.

이덕무는 이를 설명하기 위해 나비의 비유를 끌어왔다. 초록 눈알에 황금빛 날개를 단 나비가 희고 붉은 꽃에다 더듬이를 박고서 꿀을 빨고 있다. 꼬마는 그 나비를 잡으려고 살금살금 다가간다. 손가락을 내밀고서 숨을 죽이고 잡았다 싶었는데, 알고 보니 살아 움직이는 나비가 아닌 그림 속의 나비라는 것이다. 멀리서 보았을 때는 틀림없는 산 나비였다. 막상 잡으려 들자 종이 위의 그림이었다. 핍진하다는 말, 꼭 닮았다는 말은 이미 가짜라는 뜻이다. 이것은 이미 제2의(第二義), 즉 헛다리 짚기다.

가짜에 속지 않으려면 어찌해야 할까? 본질을 꿰뚫어 보는 안목이 먼저다. 그래야 가짜에 현혹되지 않는다. 안목이 없고 보면 그럴듯한 가짜에 걸려 툭 하면 넘어진다. 그림 속의 나비를 진짜로 착각해서는 안 된다. 진짜 같은 가짜에 깜빡 속아 가짜처럼 보이는 진짜를 놓치면, 하는 일마다 허탕이요, 남 들러리만 서고 만다.

연암(燕巖) 박지원(朴趾源, 1737~1805)은 이덕무의 젊은 시절 글을 몹시 좋아했다. 이덕무의 글을 빌려다가, 소재를 차용해 슬쩍 자기 글로 만들곤 했다. 연암은 이덕무의 이 글에서 힌트를 얻어, 「답창애(答蒼厓)」에서 나비를 잡으려다 놓친 소년의 비유를 이끌어 냈다. 이것으로 글을 읽을 때 현란한 수사에 현혹되지 말고 글쓴이의 마음을 읽어야 한다는 핵심 의미를 도출했다. 「녹천관집서(綠天館集序)」에서는 "어찌하여 비슷함을 구하는가? 비슷함을 추구한다는 것은 진짜는 아닌 것이다. 천하에서 이른바 서로 같은 것을 두고 반드시 '꼭 닮았다'라고 하고, 분간하기 어려운 것을 또한 '진짜 같다'라고 말한다. 대저 진짜 같다고 하고 꼭 닮았다고 말할 때에 그 말 속에는 가짜라는 것과 다르다는 뜻이 들어 있다."라고 했다.

讚之二 觀命

운명을 살펴라

그 이름은 현부(玄夫)이고	名曰玄夫
조화옹(造化翁)이 자(字)라 하니,	字曰造翁
큰 양조장 책임 맡아	尸大釀局
하늘을 동이 삼네.	天爲瓮中
질탕하게 체질하여	篩氣淋漓
맑고 진한 술 걸러서,	酸醨醇醲
하나하나 부여하니	件件播賦
현묘한 공 받들리라.	順聽玄功
짙은 것도 안 고맙고	濃旣無恩
묽다 한들 마음 쓰랴?	澆又何痟

미리 보면 조급하고	豫覘傷躁
도망가면 재앙 밟네.	巧逃涉凶
오늘은 오늘, 어제는 어제	今今昨昨
봄이면 봄, 겨울은 겨울.	春春冬冬
이렇듯이 이렇게	如斯如斯
처음 따라 끝에 가리.	緣始抵終

두 번째는 관명(觀命), 즉 '운명을 살펴라'이다. 조화옹이 만든
세상은 저마다의 개성을 지녔다. 마치 양조장 주인이 그때그때
상황에 따라 진한 술과 묽은 술, 청주와 탁주로 만들어 내는
것과 다름없다. 여기에 무슨 특별한 이유가 있을 리 없다. 하다
보니 그리된 것일 뿐이다. 진한 술이 좋지만 때로는 묽은 술이
더 좋을 때가 있다. 양주와 맥주와 소주는 나름대로 다 좋다.
이것만 좋고 저것은 안 되는 것이 아니다. 그때마다 다르고,
자리 따라 바뀐다.

이것은 이래야 한다고 미리 정해 두면 진실을 놓치고 만다.
알기 어렵다고 달아나면 결정적인 순간에 돌이킬 수가 없다.
상황은 늘 변하고, 진실은 고정됨이 없다. 세상에 불변의
진리는 없다. 천하의 일은 변해 가는 과정 속에 놓여 있을
뿐이다. 그러니 오늘은 오늘에 맞게, 어제는 어제대로 한다.
어제 이렇게 했으니 오늘도 이렇게 해야 한다고 우기지 마라.
지금까지 아무 문제가 없었으니, 내일도 끄떡없다고 말해서는
안 된다. 오늘 이렇게 했어도 내일은 내일의 법이 따로 있다.

봄에는 봄의 질서가 있고 겨울에는 겨울의 문법이 있다.
교주고슬(膠柱鼓瑟)로 융통성 없이 이전 것만 고집해서는 안
된다.

하여, 운명을 살피란 말은 변화를 읽는 안목을 갖추란
이야기다. 하늘 아래 변치 않는 것은 없다. 변화의 기미를 읽지
못하면 진실한 태도가 오히려 우스갯거리가 되어 손가락질을
받는다. 성실한 노력이 융통성 없는 고지식으로 변해 대가를
치르게 된다. 그러니 참됨을 심더라도, 변화의 안목을 갖추는
것이 중요하다.

연암은 「상기(象記)」에서 이 글의 생각을 차용했다. "비유컨대
국숫집에서 밀을 갈면 가늘고 굵고 곱고 거친 것이 뒤섞여
땅으로 흩어진다. 대저 맷돌의 공능(功能)은 도는 데
있을 뿐이니, 애초부터 어찌 일찍이 곱고 거친 것에 뜻이
있었겠는가?"라고 쓴 것이 그것이다. 연암은 「상기」에서
획일화된 가치 척도로 세계를 규정코자 하는 결정론적
세계관에 대한 강한 거부의 뜻을 피력했다. 이덕무도 양조장의
술맛이 그때그때 다르듯, 세상의 변화는 예측할 수 없음을
말해, 변화에 휩쓸리지 않는 중심 잡기와, 변화에 끌려다니지
않고 변화를 끌고 가는 힘을 기르는 것이 무엇보다 중요함을
밝혔다.

讚之三病殺

어지러움을 경계하라

인간의 큰 근심은	人有大患
혼돈(混沌) 뚫린 때부터라.	自混沌鑿
그려 꾸밈 넘쳐흘러	溢露藻繪
참됨 질박함 사라졌네.	銷刻眞樸
여색(女色) 욕심, 재물 탐욕	殉色饕財
눈짓 꿈뻑 고개 까딱.	語目瞬頷
혀를 놀려 달콤한 말	腴舌醞怙
뱃속에는 칼 품었네.	反腹韜鍔
절하고는 돌아 비난	揖賓背評
벗 끌어다 망신 주네.	引友面謔

높은 기상 허물 낳고	逸氣胎辜
빛난 재주 횡액 불러.	華才媒厄
선비 간혹 돈 탐하여	士或商緡
여자 두건 사내가 쓰네.	男堪婦幗
품성 기름 어이 잊나?	胡忘培性
복 깎을까 걱정일세.	緊恐剝福

병효(病殽), 즉 '어지러움을 경계하라'는 내용에 대한 설명이다.
키워드는 '진박(眞樸)'이다. 참되고 질박함이 중요하다. 하지만
사람들은 '조회(藻繪)', 즉 그려 꾸밈에 더 익숙하다. 참됨과
질박함은 맨 밑바탕에 갖춰야 할 자질이다. 여기에 변화를 읽는
안목이 보태지면 천하무적이다. 진실을 세우는 바탕 공부 없이
변화를 읽는 안목이 생길 리 없다. 그러자면 바탕 공부를 위해
힘써야 할 텐데 그것은 외면한 채, 없으면서 있는 체하는 흉내
공부에 몰두하니 문제다.

세상은 온통 욕망의 도가니 속이다. 겉꾸밈이 횡행하고,
가짜들이 판을 친다. 여색을 탐하고 재물 욕심에 눈이
멀어 교언영색으로 남을 속이고 달콤한 말로 남을 꾄다.
구밀복검(口蜜腹劍), 입에는 꿀을 발랐는데, 뱃속에는 칼날을
품었다. 면종복배(面從腹背), 면전에서는 굽신대며 예예 하지만,
속으로는 '두고 보자' 한다. 앞에서는 칭찬하고 돌아서서
비난하며, 위해 주는 척하면서 벗을 곤경에 빠뜨린다.
그뿐인가. 목적을 쟁취하기 위해서는 안 하는 일이 없고 못하는

짓이 없다. 기상이 높으면 어떻게든 죄를 씌우려 달려들고, 재주가 뛰어나면 오래 못가 횡액을 만난다. 재물을 위해서라면 사내가 여자처럼 갖은 아양을 떨면서도 도대체 부끄러운 줄을 모른다. 성품을 기를 생각은 하지 않으면서 복을 누릴 생각만 가득하다. 그것은 결국 제 복을 제가 깎아먹는 결과를 낳게 될 뿐이다.

그러니 공부하는 사람은 잡다해서는 못쓴다. 본바탕을 함양하는 데 힘써야지, 약점을 가려 숨기려 겉꾸밈에 매달리면 안 된다. 마음가짐을 바르고 올곧게 간수해야 한다. 남의 복을 빼앗아 자기 것으로 만들려 들면 결국 제 복만 깎게 된다. 제 발등을 찍고 만다. 이러고서야 어이 쾌적한 삶을 바라랴!

讚之四避毁

비방을 피하라

재능은 이름을 안 불러도   才不招名
이름엔 재능이 따르나니,   名必隨才
재앙이 재능과 무관해도   災不期才
재능은 재앙의 시작일세.   才必胎災
재앙이 어이 절로 나리?   災豈自醞
헐뜯음이 매개가 되는 법.   毁實爲媒
좋은 거문고 쉬 망가지고   良琴易癖
준마 먼저 병든다네.   逸驥先㷀
기이한 책 좀이 슬고   異書蜴壞
좋은 나무 딱따구리에 꺾이네.   嘉樹鴽摧

으스대면 쉬 다치고	炫華促戕
귀 막자니 바보 같네.	窒聽近獃
붙지도 떨어지지도 않아야만	毋卽毋離
복지(福地)가 따로 열린다네.	福地別開
타고난 바탕 지켜	守自然質
무고한 시샘 벗어나리.	遣無故猜

둔훼(遁毀)는 비방을 피하는 방법을 설명했다. 재주를 함부로
드러내지 않고 감추는 것이 핵심이다. 재능이 있고 보면
이름이 따라온다. 그런데 이름이 다시 재앙을 부르니 문제다.
결국 재능은 재앙의 출발점이다. 재앙은 헐뜯음에서 나온다.
헐뜯음은 재주를 시기하는 데서 말미암으니, 결국 내 재주가
내게 재앙을 안겨 주는 결과가 된다. 재주가 있다고 나대면
이름이 높아질수록 재앙에 가까워진다. 사람들은 이 간단한
이치를 모르고, 재주만 믿고 함부로 나대다가 제 풀에 무너지고
만다.

좋은 거문고는 많은 손을 타는 사이에 망가지고, 준마는 제
힘을 믿고 내딛다가 일찍 병이 든다. 기이한 책에 유독 책벌레가
꾀고, 딱따구리는 훌륭한 나무만 골라 구멍을 판다. 제 재주를
뽐내는 것은 제 명을 재촉하는 일임을 알아야 한다. 그렇다고
귀 막고 바보로 살 수는 없지 않은가.

그렇다면 어찌해야 할까? 뽐내지도 외면하지도 않고, 나대지도
숨지도 않는, 이것도 아니고 저것도 아닌, 그 중간 지점을 찾는

것이 무엇보다 중요하다. '무즉무리(毋卽毋離)' 즉 딱 붙은 것도
아니고, 그렇다고 떨어진 것도 아닌 바로 그 지점에 답이 있다.
그 지점을 찾는 순간 복지(福地)가 활짝 열린다. 그 지점을 찾는
방법은 의외로 간단하다. 타고난 바탕을 잘 지켜 까닭 없는
비방에서 벗어나는 것이다.

붙지도 떨어지지도 않은 지점에 대해서는 연암이 이 생각을
더 발전시켜서 여러 글로 남겼다. 「낭환집서(蜋丸集序)」에서
이가 생기는 지점을 '불즉불리(不卽不離)'라 하여
옷과 살이 딱 붙지도, 그렇다고 떨어지지도 않은 그
중간이라고 말한 설명이 바로 이 글에서 나왔다. 또
「공작관문고자서(孔雀舘文稿自序)」에서 설명한 이명(耳鳴)과
코골기의 절묘한 비유를 내면서, "얻고 잃음은 내게 달려
있지만, 기리고 헐뜯음은 남에게 달려 있다."라고 한 것 또한
그 맥락이 같다.

讚之五怡靈

정신을 기쁘게 하라

물고기는 슬기롭고 새는 영리하며	魚慧禽靈
바위는 빼어나고 나무는 곱다.	巖秀樹姸
경물과 정신 함께 즐거워하며	景與神怡
정감은 경계 따라 옮아가누나.	情隨境遷
법을 어이 옛것만 답습하리요	法豈古襲
모양은 시속(時俗)에 휘둘리잖네.	樣不俗牽
묘한 빼어남 따로 갖춰	別具妙勝
막혀 얽힘 내던지세.	快脫障纏
땅 위에는 가을 물이	秋水○○
봄 구름은 하늘 위에.	春雲在天

슬기 드는 눈동자는	心竇眼孔
영롱하기 가이 없다.	玲瓏無邊
술잔 재촉하지 않고	酒不促觴
거문고 줄 타지 않네.	琴不繁絃
턱 괴고서 시 읊으니	支頤朗哦
앓던 병이 다 낫겠네.	疴可以捐

이령(怡靈), 정신을 어찌해야 가뜬한 상태로 유지할 수 있을까?
작위함을 버리고 자연에 내맡기면 된다. 물고기의 지혜, 새의
슬기는 누가 가르쳐 준 것이 아니다. 저절로 체득한 것이다.
우뚝 솟은 바위와 예쁜 나무는 꾸며서 그리된 것이 아니다.
물고기와 새, 바위와 나무를 보며, 내 마음에 어떤 작용이
일어난다. 물고기의 생동하는 몸짓, 새들의 합창 소리가 주는
경쾌함, 바위를 보면 무게중심이 나도 모르게 내려가고, 하늘로
두 손을 높이 뻗은 나무를 보면 나도 두 손을 높이 올려 보고
싶다. 사물과 나는 정신으로 만나 교감한다. 바깥의 경물과
만나는 순간 나의 내면에 생각지 못한 파동이 일어난다.
내 마음은 거울과 같다. 접촉하는 사물의 경계를 따라
자연스레 그것들의 무늬가 내 안으로 옮아온다. 둘 사이의
경계가 허물어진 것이다. 세상에 반드시 이래야만 하는 법이
어디 있겠는가? 사물은 저마다 제각금의 자태를 지녔으니,
그것을 그대로 받아들일 뿐 판단하지 않는다. 작위적으로 어느
한쪽으로 몰고 가 멋대로 재단하려 들면 안 된다.

중간에 두 글자가 비었는데, 앞뒤 구문으로 보아
'재지(在地)'쯤이 들어가야 할 자리다. 가을 물은 땅 위를
흐르고, 봄날의 구름은 하늘 위로 흘러간다. 아무 얽맴이 없고,
지극히 자연스럽다. 마음의 슬기는 눈동자를 통해서 열린다.
영롱한 상태를 유지하는 것이 관건이다. 술을 많이 마셨다 하여
맛이 아니다. 거문고는 무현금(無絃琴)이라도 좋다. 나는
턱 괴고 사물을 바라보며 날마다 그것들과 만나 새로워진다.
시의 언어를 통해 만난 사물이 내 아픈 몸마저 낫게 해준다.

讚之六耨陳

진부함을 덜어 내라

벌레가 말을 낳고	程既生馬
말은 또 사람 낳아,	馬又生人
변화 기미 일정찮아	化機不膠
연혁이 늘 새롭다.	沿革常新
답답한 선비 견문 좁아	拘儒謏聞
옛사람 말 중시해도,	古唾徒珍
한 가지도 잘 못하고	不長一格
한참이나 떨어졌네.	常隔數塵
조(趙)나라 걸음 배우다 다리 절고	蹇踔趙步
서시(西施) 흉내 내다 인상 쓰네.	皺矉吳嚬

큰 선비는 달관하여	鴻碩達觀
진부함을 다 씻어내,	潑腐盪陳
털 빛깔을 무시하고	略厥黃玄
천리마를 찾아내지.	不失騏驎
고금을 저울질해	衡古尺今
눈 구슬 크고 참되도다.	眼珠孔眞

누진(耨陳)은 진부함을 덜어 내라는 말이다. 삶이 쾌적해지려면 늘 새로워야 한다. 작위적으로 바꾸는 것이 아니라 삶 속에 숨어 있는 군더더기를 덜어 내고, 늘 되풀이하는 반복적 일상에서 벗어나는 것이 먼저다.

처음 네 구절은 『장자(莊子)』「지락(至樂)」편에 나오는 말이다. 그 말은 이렇다. "양해(羊奚)라는 풀은 죽순이 나오지 않는 해묵은 대나무와 교합해서 청녕(靑寧)이란 벌레를 낳고, 청녕은 정(程)이라는 벌레를 낳는다. 정은 말을 낳고, 말이 사람을 낳으며, 사람은 도로 기(機)로 들어간다. 만물은 모두 기에서 나와서 모두 기로 들어간다.(羊奚比乎不筍久竹生靑寧, 靑寧生程, 程生馬, 馬生人, 人又反入於機, 萬物皆出於機, 皆入於機.)"

알쏭달쏭한 얘기지만 세상의 모든 사물이 서로 맞물려 있고, 하나에서 다른 하나가 나오고, 이 사슬은 끝없이 이어져서 세상의 질서를 만들어 낸다. 풀이 썩어 벌레를 낳고, 벌레는 변태 과정을 거쳐 다른 형태로 거듭난다. 이것이 돌고 돌아 사람이 되니, 세상은 결국 기(機)의 쳇바퀴 속에서 돌아가는

무한한 변화 속에 놓여 있다는 말이다. 이것을 변화의 기미가
말로 다 할 수 없어서 그 과정이 늘 새로움으로 가득 차 있다는
말로 표현했다.

우리는 어떤가? 배운 것을 고집하고, 하던 대로 따라 하며,
권위에 순종한다. 옛사람을 흉내 내고 따라할 뿐 조금도
정해진 궤도에서 벗어나려 하지 않는다. 시키는 대로 해서
바꿀 생각이 아예 없다. 그 결과 오늘도 어제 같고, 내일도 오늘
같다. 정체와 답보가 쌓여 후퇴로 끝난다. 습관처럼 하지만
왜 하는지 모르고, 숨 쉬듯이 반복해도 달라지는 것이 없다.
일상의 행위는 더 이상 기쁨을 주지 못한다. 그저 남들 따라
유행을 좇아가며 멋있어 보이는 것을 흉내 낸다. 틀림없다는
길만 골라서 가지만, 주식 투자처럼 늘 반 박자가 늦어 실패로
끝난다.

연(燕)나라 소년은 조(趙)나라 사나이들의 씩씩한 걸음걸이가
참 멋있었다. 소년은 어떻게든 이 걸음걸이를 배워 보려고
조나라의 서울 한단(邯鄲) 땅까지 걸음 유학을 왔다. 거기서는
다들 그렇게 걸었다. 막상 그 멋진 걸음걸이를 배우려 하니
예전 버릇이 자꾸 걸림돌이 되었다. 어깻짓을 겨우 익혔는데
발짓이 그대로고, 발짓에 집중하자 어깻짓이 따로 놀았다.
아무리 노력해도 따라 할 수가 없었다. 그는 실망해서
돌아가기로 했다. 그런데 더 큰 문제가 생겼다. 예전에 자신이
어떻게 걸었는지가 도무지 생각나지 않았던 것이다. 그는 결국
울면서 엉금엉금 기어 연나라로 돌아갔다. 이것이 유명한

한단학보(邯鄲學步)의 고사다.

이와 비슷한 이야기를 하나 더 인용했다. 월(越)나라 서시(西施)는 중국이 꼽는 역대급 미녀다. 그녀는 늘 인상을 찌푸리고 다녔다. 그 표정에 뭇 남자들의 가슴이 설렜다. 이웃의 못생긴 여자가 그녀처럼 되고 싶어서 똑같이 인상을 썼다. 그랬더니 마을 거지가 재수 없다고 그 마을을 떠나고, 부자는 밥맛없다며 대문을 닫아걸었다. 찡그린 것은 똑같은데 어째서 서시가 찌푸리면 뭇 남자들의 가슴이 설레고, 추녀가 찡그리자 문을 닫아걸었을까? 핵심은 찡그림에 있는 것이 아니었기 때문이다.

두 사람 모두 좋아 보이는 것을 흉내 내서 똑같이 되려다가 더 나쁜 결과를 가져왔다. 본질은 놓치고 행위만 따라 하면 최악이다. 똑같이 애를 써도 결과는 늘 반대다. 춘추 시대 구방고(九方皐)는 최고의 천리마 감별사였다. 그런데 그는 털의 빛깔이나 암수는 따지지 않았다. 단지 그 말의 본질을 잘 살펴 천리마를 어김없이 감별해 냈다. 겉모습에 현혹되면 안 된다. 남이 좋다고 덩달아 하면 망한다. 내 눈을 믿어라. 내 가슴을 믿어라. 진부함을 걷어 내라. 흉내 내지 마라.

좋은 벗을 사귀라

讚之七簡遊

옛사람은 볼 수 없고	先民莫覯
뒤 어진이 못 미치네.	後賢難逮
멀어 무리 못 이루니	邈然無群
내 맘 뉘게 보여 주랴.	我衷誰啓
크나큰 인연 있어	有大因緣
이 세상에 함께 나와,	幷生斯世
수염 눈썹 마주하며	藹接鬚眉
마음 환히 비춰 보네.	洞暎心肺
딴 집 사는 아내 같고	不室而妻
피 안 나눈 형제로다.	匪氣之弟

살아 백안시한 적 없고	生絶白眸
죽어 눈물 흘리누나.	死堪熱涕
학문은 보태고 재주는 칭찬하며	學資才獎
허물은 꾸짖고 가난은 돕지.	咎箴貧濟
기생충과 같은 무리	蟯蛔之倫
시샘하여 등 뒤에서 헐뜯으리라.	腹猜背毁

간유(簡遊)는 교유, 즉 벗 사귐을 잘 골라서 한다는 말이다.
옛사람을 따르고 싶어도 그는 이미 죽었으니 만날 길이 없다.
내 뒤에 올 그 멋진 후배들은 내가 만나 볼 방법이 없다. 시간의
장벽에 막혀 이러지도 저러지도 못하니, 이 답답한 내 마음을
누구에게 열어 보여 줄까? 나를 진심으로 알아주는 벗, 바로
친구가 있지 않은가.

누구를 벗으로 삼느냐에 따라 내 인생이 문득 변한다.
좋은 벗은 나를 업그레이드시켜 준다. 반대로 나쁜 벗은
내 수준을 형편없게 만들 뿐 아니라 나를 망친다. 그러니
어찌 벗 사귐을 신중히 하지 않을 수 있겠는가? 좋은 벗의
선택은 이제껏 제시한 여러 단계에 마지막 방점을 찍어 주는
화룡점정(畵龍點睛)이다. 세상은 혼자 건너갈 수 없다. 벗이 있어
나를 끌어 함께 건너간다.

친구에 대한 정의가 재미있다. 불실이처(不室而妻)는 한집에
살지 않는 아내란 말이다. 진정한 친구란 늘 내 곁에 있으면서
나를 자기 몸처럼 아껴 주는 아내와 같다. 차이라면 한방에서

지내지 않는다는 것뿐이다. 비기지제(匪氣之弟)라고도 했다. 혈기, 즉 피를 나누지 않은 형제란 말이다. 피가 섞이지 않았을 뿐 귀한 벗은 형제와 다를 것이 없다. 아내와는 부부 싸움도 하고, 동기간에도 애증이 섞이지만, 훌륭한 벗은 이런 것을 초월한다.

좋은 벗은 나를 들어 올린다. 공부가 부족하면 곁에서 채워 주고, 내 작은 재주는 그의 칭찬을 통해 반짝반짝 빛난다. 행여 내가 잘못을 범하면 그는 지체 없이 나무라고, 내가 가난해 먹고살기 힘들면 어느새 도움의 손길을 뻗는다. 기생충같이 남의 몸속에 들어가 양분을 빨아먹고 사는 자들은 우리들의 이 같은 우정을 보면 시샘에 겨워 비방할 것이다. 우정, 이것은 우리 삶의 쾌적성을 보장해 주는 가장 중요한 활력소다.

讚之八歲寰

세상을 즐기라

내 앞에 내가 없고　　　　吾前無吾

내 뒤에도 내가 없다.　　　吾後無吾

무에서 왔다가는　　　　　既來於無

다시 무로 돌아가네.　　　　復歸於無

많지 않아 적고 보니　　　　無多有少

매여 얽맴 아주 없네.　　　　不纏不拘

갑자기 젖 먹다가　　　　　俄然而乳

어느새 수염 나고,　　　　　俄然而鬚

느닷없이 늙더니만　　　　　俄然而耆

잠깐 만에 죽는 것을.　　　　俄然而殂

마치 큰 노름판에	如大博局
호기롭게 패 던지듯,	憑陵梟盧
아니면 큰 연극 무대	如大戲場
꼭두각시 한가지라.	卽當郭鮑
조급함과 성냄 없이	無躁無狠
하늘 따라 즐기리라.	隨天以娛

마지막 여덟 번째는 희환(戲寰), 세상을 희롱함으로 삼는다는
말이다. 즉 주인공이 되어 눈앞의 세상을 즐기라는 말이다.
그것은 주체의 확립으로부터 시작된다. 나는 누군가? 내
이전에도 없었고, 내 이후로도 없을 단 한 사람의 나. 그 단
하나의 내가 단 한번뿐인 삶을 살다가 간다. 무에서 와서 무로
돌아가는 것이 인생이다. 그러니 눈치 볼 것도 없고, 얽맬 것도
없다. 이 눈치 보면서 젖 먹다가, 저 눈치 보느라 수염이 돋더니,
순식간에 늙어 갑자기 죽는다. 죽고 나면 다시 흙으로 돌아가
아무것도 없다.

어차피 한번 살다 가는 인생이다. 인생은 노름판 아니면
연극판이다. 내 패를 던져 운을 기다린다. 그 패가 인생의
성패를 가른다. 삶이란 한바탕 무대에 올라 관객을 웃기고
울리는 배우의 연기와 같다. 내 연기에 관객의 평가가 엇갈린다.
그러니 노름판에서 패를 하나 던지는 것도, 무대 위 한 동작 한
마디의 연기도 함부로 할 수 있겠는가? 하물며 이것이 돌이킬
수 없는 단 한번뿐인 인생이라면?

늦는다고 조급해할 것 없다. 알아주지 않는다고 성내지도 마라. 그저 내 참됨을 간직하고, 내 운명을 관조하라. 미혹에 빠져들지 않고, 남의 말에 휘둘리지 않으며, 내 마음이 기쁜 일을 하면서, 늘 새로워질 것을 다짐하라. 좋은 벗과 어깨 겯고 이 세상을 건너가면서, 하늘이 내게 허락하는 것들과 함께 즐기며 건너가리라. 이것이 내가 꿈꾸는 쾌적하고 쾌활한 삶이다.

오라비의 훈계

열다섯 살 누이에게 준

열여섯 도막의 훈계

내게는 두 누이가 있다.
나이가 모두 비녀 꽂을 때가 되었다.
어려서 들은 것이 없으면
장성해서는 훈계하기가 어렵다.
글을 지어서 훈계하니,
모두 열여섯 단락이다.

『매훈(妹訓)』은 열다섯 살이 되어 가는 두 여동생을 위해 오라비인 이덕무가 써서 건넨 훈계의 글이다. "사랑하는 누이야! 오라비의 말을 듣거라. 너희도 이제 머잖아 결혼을 해서 살림을 나겠구나. 지금까지는 집에서 곱게만 자랐지만, 어려서 제대로 배우지 않으면 누가 너희에게 제대로 된 훈계를 하겠느냐. 이제 오라비가 너희를 위해 짧은 글을 지어 줄 테니 너희는 명심해서 실행에 옮기도록 해라."

글을 읽을 사람이 이해하기 쉽도록 4언 6구의 가락에 운자까지 맞춰서 평이한 내용으로 썼다. 이덕무에게는 훗날 서씨(徐氏)와 원씨(元氏) 집안에 시집간 두 누이가 있었다. 각각 여섯 살, 일곱 살 터울이었다. 그러니까 이 글은 이덕무가 스물한 살 때 쓴 글이다. 이덕무는 『사소절(士小節)』에서 오누이 간에 우애가 좋아서 과일 하나도 꼭 셋으로 나누어 먹었고 장성해서도 다툰 일이 없었다고 적고 있다.

이덕무는 가정에서의 여성 교육에 대해 관심이 많았다. 『사소절』에서 '부의(婦儀)'라 하여 여성이 갖춰야 할 범절에 대해 수백 조목에 걸쳐 나열하기도 했다. 딱히 여성에게만 해당되는 얘기도 아니다. 가장 강조한 것은 화순(和順)이었다.

余有二妹, 齡皆及笄.
幼而無聞, 及長難戒.
著書以訓, 章凡十六.

01

화순(和順)

여자의 덕은
화순(和順)을 법도로 삼는다.
말씨와 걸음걸이에서
음식에 이르기까지
한결같은 마음으로 게을리하지 않아야
직분에 맞게 된다.

부덕(婦德)은 화순으로 시작해서 화순으로 끝이 난다. 화순이란
무엇이냐? 조화와 순리다. 집안의 화평이 여자의 손에 달렸다.
부모에게 순명하고 남편과 의좋게 지낸다. 잘못된 일이 있으면
순리로 따져서 온화하게 해결한다. 말씨는 조용조용하게,
걸음걸이는 얌전해야지. 물 마시고 밥 먹는 일에서도 화순을
잠시라도 잊어서는 안 된다. 화순의 마음을 놓아서는 안 된다.
그래야 가정에 평화가 있고 화기(和氣)가 넘쳐 순천(順天)의 삶을
살 수가 있다.

女子之德, 和順爲則.
言語行步, 以至飮食,
一心不懈, 乃爲之職.

중정(中正)

기운을 가라앉히고 목소리를 낮춰,
중정(中正)으로 가늠한다.
조용히 주선해서
일처리가 마음과 꼭 맞는다.
이것이 길상(吉祥)이 되어
온갖 복이 다 이른다.

나지막한 목소리로 기운을 차분히 가라앉혀라. 늘 중도에
맞게 행동하고 바르게 처신해야 한다. 일이 생기면 표가 나지
않게 조용히 처리해, 그 일로 마음에 앙금이 남지 않게 한다.
이렇게 해야 길하고 상서롭다. 그 사이로 온갖 복이 물밀 듯이
밀려오리라. 조금 마음에 맞지 않는다고 성질을 부리고 언성을
높이면 가정의 평화가 깨진다.

下氣低聲, 中正以裁.
從容周旋, 事與心諧.
是爲吉祥, 諸福畢來.

03

말

비루하고 이치에 어긋난 말은
귀를 막아 듣지 마라.
어른의 훈계는
마음에 새겨 간직해 두어라.
이 두 가지를 익히면
몸도 편안해진다.

도리에 어긋난 말은 듣지를 말고, 어른의 가르침은 마음에
간직한다. 간직할 것을 간직하고 버려야 할 것을 들이지 않으면
몸과 마음이 편안해진다. 비루한 말에 귀가 솔깃해지고, 어른의
말씀을 우습게 알면 사람이 천박해진다. 못 들을 말 듣지 말고,
간직할 말 지녀 두면 일상이 늘 든든하다.

鄙悖之言, 掩耳莫聆.

長老之訓, 存心以銘.

習此二者, 身亦安寧.

입
조
심

좋은 말과 나쁜 말이
모두 입에서 나온다.
나쁜 말을 한번 하고 나면
후회한들 누구를 탓하겠는가.
한 몸의 선악이
손바닥 뒤집기나 다름없다.

입을 떼기 전에 한번 더 생각해서 늘 말을 조심해야 한다. 말은 한번 뱉으면 주워담을 수가 없다. 나쁜 말은 나를 나쁜 사람이 되게 하고, 좋은 말은 나를 좋은 사람이 되게 한다. 말 한마디에 한 몸의 선악이 달려 있다. 그 차이는 손바닥 뒤집기보다 가볍다. 어찌 말을 삼가지 않으랴.

善言惡言, 皆出于口.
一出惡言, 悔之誰咎.
一身善惡, 如反覆手.

05

말
수

말이 많은 여자는
행실이 한결같지 않다.
말이 많으면 망령됨이 많고,
망령되면 실지가 없다.
경계하고 경계하거라.
시끄러운 것은 길하지 못하다.

말수를 줄여야 한다. 말 많은 사람치고 행실이 따라 주는 것을
못 보았다. 말이 많은데 행실이 따라 주지 못하니 빈말이 된다.
집안에서 쓸데없는 말이 많아지면 풍파가 잘 날이 없다. 말이
말을 만들고, 사람의 관계가 틀어진다. 시끄러운 것은 결코
상서롭지 못하다. 말을 아껴라. 말수를 줄여라.

多言之婦, 行不如一.

多言多妄, 妄則无實.

戒之戒之, 囂囂無吉.

유
순

말과 웃음에 절제가 없으면
광대에 가깝다.
낯빛이 근엄하여 따스함이 부족하면
또한 근심스러운 모습에 가깝다.
어떻게 해야 중도를 얻을까?
부드럽고 순한 데서 구하면 된다.

말이 가볍고 웃음이 헤프면 광대에 가깝다. 너무 굳은 표정과
차가운 낯빛은 보는 사람을 불편하게 만든다. 부드러운 인상과
순한 표정으로 말수를 줄이고 웃음을 삼가면 된다. 자신을
드러내지 않아도 남들이 우습게 보지 못한다. 유순함으로
절제하되 따스함을 잃어서는 안 된다.

言笑無節, 近于俳優.
色厲小溫, 亦近于憂.
云何得中, 柔順以求.

07

조심

선을 보면 반드시 실천하고,
악을 보면 반드시 경계로 삼는다.
남의 잘못을 들추지 말고,
자신의 능함을 뽐내지 않는다.
조심조심 부지런히 노력하면
부덕(婦德)이 날로 더해지리라.

선은 본받고 악은 경계로 삼는다.
남 욕하지 말고 제 자랑도 하지 마라.
이러쿵저러쿵 많은 말이 필요 없다.
이것만 간직해 지키도록 애쓴다면 훌륭한
지어미가 되기에 부족함이 없다. 하지만
처음부터 잘될 리가 없다. 날마다 살피고 달마다
점검해서 몸에 익을 때까지 쉬지 않고 노력하라.

見善必踐, 見惡必懲.
莫揚人過, 莫詑己能.
小心勤勤, 婦德日增.

낯빛

성난 마음이 생기거든
처음부터 먼저 눌러야 한다.
이미 생겨난 뒤에는 낯빛을 온화하게 해야
마음이 따라서 가라앉는다.
성나는 대로 내버려 두면
일이 산만큼 커진다.

노여운 마음은 커지기 전에 눌러라.

억제치 못하겠거든 낯빛만이라도

온화하게 가라앉혀야 한다.

내색을 않으려 애쓰다 보면 마음이 어느새 차분해진다.

분노에 마음을 내맡겨 두면 점차 내 마음을 잠식해 일이 걷잡을

수 없게 된다. 그때 가서는 손을 쓸 수가 없다.

怒心之來, 先抑其端.

發乃和容, 心隨而安.

任怒無際, 事大如山.

09

목
소
리

규방 안에서는
조용히 지내며 떠들지 마라.
목소리를 낮춰서
온화함을 길러야 한다.
목소리가 문밖을 나가지 않아야
온 집안이 편안하다.

목소리에 교양이 깃든다.

앙칼진 소리를 삼가야 한다.

늘 조용함에 힘 쏟고, 떠들썩함을 멀리해야 한다.

숨죽이고 있는 듯 없는 듯 살라는 말이 아니다. 고요함과
온화함은 사람이면 누구나 갖춰야 할 미덕이다. 공연히 제 분을
못 이겨 목청을 높이지 않도록 평소에 점검하고 단속해야 한다.

閨房之內, 靜而無譁.

不大其聲, 以養其和.

聲不出戶, 乃安一家.

착한 사람

바느질과 길쌈과 음식 만들기는
정성스럽고 민첩하도록 힘쓴다.
의상을 가지런히 하고,
침상과 방석을 깨끗하게 소제한다.
부지런히 애쓰면서 게으르지 않은 사람을
선인(善人)이라 한다.

여성으로서 가정에서 할 일은 무엇인가? 바느질과 베 짜기, 그리고 가족들을 위해 음식을 만드는 일이다. 정성을 쏟되 민첩하게 처리해서 때에 맞춰 쓰임새를 갖춰야 한다. 의복 정리와 집안 청소도 게으름 부리지 않고 부지런히 해야 한다. 좋은 사람, 훌륭한 사람이란 먼 데 있지 않고 바로 이런 사람에게 붙이는 이름이다.

針織饋食, 懋其精敏.
整齊衣裳, 潔掃床茵.
勤勞罔懈, 是謂善人.

11

게으른 여자

내가 게으른 여성을 보았다.
그는 일찍 자고 늦게 일어난다.
머리는 헝클어지고 얼굴에는 때가 껴도
편히 빈둥거리는 것을 일삼는다.
되는 일이 아무것도 없고,
나쁜 소문이 이웃까지 들린다.

늦게 자고 일찍 일어난다. 머리는 언제나 단정히 빗고, 얼굴은
청결하게 한다. 집안일에 부지런히 힘써서 훌륭하다는 소문이
이웃까지 퍼진다. 너희는 이런 사람이 되어야 한다. 게을러
머리도 헝클어지고, 해가 중천에 뜬 뒤에 일어난다.
집안일을 나 몰라라 팽개치고 그저 빈둥거린다.
되는 일이 없는 집안이다.

余觀懶婦, 早眠晏起.
蓬首垢面, 便逸是事.
百事無成, 惡聞隣里.

교만한 여자

내가 교만한 여자를 보았다.
바느질을 일삼지 않는다.
들떠 화려하여 남 이기기만 좋아하고
용모와 복장은 현란하다.
망령되이 스스로 잘난 체하며
어질고 착한 이를 업신여긴다.

바느질에 힘써야지 사치에 힘 쏟으면 안 된다.
남 이기기를 좋아해 용모와 복장으로 뽐내고, 그것으로
으스대며 남을 업신여겨서는 안 된다. 날마다의 관심사는 예쁜
옷과 패물뿐이다. 누가 좋은 물건을 구했다는 말을 들으면 저도
반드시 갖춰야 직성이 풀린다. 해야 할 일에는 관심도 없고,
쓸데없는 일에는 온갖 참견을 다한다. 제 본분을 지키는 사람을
업신여겨 모욕을 준다.

余觀驕婦, 不事針線.
浮華好勝, 容服是炫.
妄自爲賢, 凌彼良善.

13

사나운 여자

내가 사나운 여자를 보았다.
시도 때도 없이 큰 소리로 운다.
요사스러운 일을 일으키고 귀신을 믿어,
날마다 무당과 점쟁이를 불러 댄다.
온갖 일이 무너지고
온 집안에 재앙이 미친다.

수틀리면 다리를 뻗고 큰 소리로 운다.

제 성질을 못 이겨 감당 못할 포학을 부린다.

요사스러운 일을 밥 먹듯이 한다. 귀신을 믿어 푸닥거리하고,

점쟁이를 불러다가 점을 치느라 돈을 탕진하며 정신을

어지럽힌다.

이런 여자가 집에 들어오면 집안에 되는 일이 없고,

일족이 모두 그 재앙을 입는다.

余觀悍婦, 不時而哭.

興妖憑鬼, 日召巫卜.

萬事瓦解, 災及九族.

크게 두려워할 일

집에 있으면 집을 망치고,
나라에 있으면 나라를 망친다.
어찌 크게 두려워하지 않겠는가?
촛불로 비추는 것처럼 명백하다.
위의 세 종류 여자를 살펴보면
결국은 화순(和順)함이 부족하였다.

게으른 여자, 교만한 여자, 사나운 여자는 모두
한집안을 망치고야 만다.
나아가 지아비를 그르치게 해서 나라까지 말아먹을
수가 있다. 두렵고 두려운 일이 아니냐? 사람이
화순함을 갖추지 못하면 결국은 이렇게 되고 만다.
누이야! 너희는 이런 사람이 되어서는 안 된다.
어찌 삼가지 않겠느냐?

在家亡家, 在國亡國.
可不大懼, 明若照燭.
試觀三婦, 和順不足.

15

즐거움

부귀한 사람을 부러워 마라.
가난한 사람을 업신여겨서도 안 된다.
염치를 돌아보고,
근검으로 몸가짐을 단속하라.
부모가 이를 가상히 여겨,
그 즐거움이 한없으리라.

비교하는 마음에서 사나움이 생긴다.
업신여기는 마음에서 교만이 싹튼다. 염치가 없는 데 더해
근검의 정신마저 없고 보면 결국 남는 것은 게으름밖에 없다.
시부모가 이를 미워하고, 온 집안이 원수로 여겨, 하루하루
사는 것이 지옥과 한가지다. 가난해도 염치를 지키고 부족해도
근검으로 이겨 내야 한다. 그런 모습을 보고 온 집안이 화평케
될 것이니 그 사람이 어떻겠느냐!

莫美富貴, 莫侮貧窶.
顧玆廉恥, 勤儉飭躬.
父母嘉之, 其樂融融.

부끄럽지 않게

화순(和順)으로
속마음을 굳게 지녀,
전전긍긍
아침저녁으로 이 글을 외우도록 해라.
이 가르침에 부끄러움이 없어야 하리니,
내 말은 거짓이 아니다.

사랑하는 누이야! 다시 처음으로 돌아가자.

오라비가 너희에게 하고 싶은 말은 화순이란 두 글자뿐이다.

온화한 태도와 순종하는 마음을 잊어서는 안 된다.

마음속에 이 두 글자를 붙들어 매어 두고

아침마다 저녁마다 오라비의 가르침을 되새기도록 해라.

이 가르침에 부끄러움이 없어야 내 누이이니라. 내 말은 거짓이
없으니 믿고 따라도 괜찮다.

和兮順兮, 中心固持.

戰戰兢兢, 朝暮誦斯.

無愧此訓, 余言匪欺.

열여덟 살 이덕무

1판 1쇄 펴냄 2019년 2월 18일
1판 4쇄 펴냄 2020년 10월 12일

이덕무 짓고
정민 옮기고 쓰다
발행인 박근섭·박상준
펴낸곳 (주)민음사

출판등록 1966. 5. 19. 제16-490호
주소 서울특별시 강남구 도산대로1길 62(신사동)
 강남출판문화센터 5층 (우편번호 06027)
대표전화 02-515-2000 | 팩시밀리 02-515-2007
홈페이지 www.minumsa.com

ⓒ 정민, 2019. Printed in Seoul, Korea

ISBN 978-89-374-3977-3 (03810)